《玛纳斯》汉译学术工作组

翻译校注组

组　　　长　朱玛克·卡德尔

副　组　长　阿地里·居玛吐尔地　依斯哈别克·别先别克

加工整理组

组　　　长　贺继宏

审　定　组

组　　　长　马雄福　朱玛克·卡德尔

副　组　长　贺继宏

《玛纳斯》第五部《赛依特》汉译工作人员

翻　　　译　要力达西·塔哈依

汉 柯 对 照　朱玛克·卡德尔　木合他尔·朱马

艾斯卡尔·库尔班　布瓦加尔·阿布力米提

依布拉音·阿布都克里木

加 工 整 理　罗迎福

统　　　稿　贺继宏

审　　　定　朱玛克·卡德尔　贺继宏　胡振华　郭民杰

李瑞周　赵国栋　张宏超　李　莉

中国柯尔克孜族英雄史诗

ماناس

玛纳斯

第五部

赛依特

第一卷

居素普·玛玛依

演唱

《玛纳斯》汉译工作委员会

编译

国家出版基金项目
NATIONAL PUBLICATION FOUNDATION

新疆人民出版总社
新疆人民出版社

图书在版编目（CIP）数据

中国柯尔克孜族英雄史诗．玛纳斯．第五部，赛依特：1—2卷 / 居素普·玛玛依演唱；《玛纳斯》汉译工作委员会编译．—乌鲁木齐：新疆人民出版社，2021.5
ISBN 978-7-228-20705-3

Ⅰ．①中… Ⅱ．①居… ②玛… Ⅲ．①柯尔克孜族—英雄史诗—中国 Ⅳ．① I222.7

中国版本图书馆 CIP 数据核字（2021）第 091008 号

本书根据新疆人民出版社 2004 年柯尔克孜文版《玛纳斯》居素普·玛玛依演唱记录校勘本翻译出版

中国柯尔克孜族英雄史诗
玛 纳 斯
ZHONGGUO KEERKEZIZU YINGXIONG SHISHI · MANASI

第五部
赛 依 特
（1—2）
SAIYITE

居素普·玛玛依
演 唱
《玛纳斯》汉译工作委员会
编 译
*
责任编辑
第一卷 林 辉 晁 清
第二卷 刘晓玮
责任校对
孟贺图雅
书籍设计
刘堪海

出版发行
新疆人民出版总社
新疆人民出版社
地 址
乌鲁木齐市解放南路 348 号
邮 编
830001
电 话
（0991）2837939
*
制 版
乌鲁木齐形加意图文设计有限公司
印 刷
北京雅昌艺术印刷有限公司
开 本
787mm × 1092mm 1/16
印 张
50.25
版 次
2021 年 6 月第 1 版
印 次
2021 年 6 月第 1 次印刷
定 价
150.00 元（全二卷）

居素普·玛玛依

（1918—2014）

居素普·玛玛依，1918 年生于中国新疆阿合奇县，柯尔克孜族，曾任新疆维吾尔自治区文联名誉主席、研究员，自治区政协常委，2014 年去世。著名《玛纳斯》演唱大师，我国国家级非物质文化遗产传承人，被国内外史诗界誉为“当代荷马”，被国家领导人誉为“国宝”，是国内外公认的世界上唯一能演唱 8 部 23.5 万多行英雄史诗《玛纳斯》的传承、演唱和研究大师。他为《玛纳斯》史诗的传承、保护和发展做出了卓越贡献，曾多次荣获国家和自治区的表彰和奖励。

前 言

在举国上下隆重庆祝伟大的中国共产党成立100周年的重要时刻，中国柯尔克孜族英雄史诗《玛纳斯》汉文全译本首次出版，与各族读者见面了。这是向伟大的中国共产党百年华诞的献礼；是完整准确贯彻新时代党的治疆方略，实施文化润疆的重要成果；是保护传承少数民族优秀传统文化，推动中华各民族文化交流融合的重大举措；是不断满足各族群众精神文化需求，建设各民族共有精神家园的生动实践。

《玛纳斯》被誉为中国少数民族三部最著名的史诗之一，也是人类非物质文化遗产代表作。这部产生于9世纪至10世纪的英雄史诗，经过柯尔克孜歌手世代传唱与加工，成为享誉中外的文学巨著。史诗篇幅浩瀚、规模宏大、变体繁多，记述了主人公玛纳斯和他的子子孙孙共八代家族的传奇故事，热情讴歌了这个英雄群体维护民众利益，保卫家乡故土，追求幸福生活，建设美好家园的奋斗精神和英雄气概，彰显了爱国、勇敢、智慧、团结、包容的主题。史诗八部结构完整、故事曲折，内容丰富、融会贯通，各部既独立成篇，又互相衔接，既有独立性又不失完整性。史诗节奏优美，扣人心弦，以诗歌的语言，和谐的韵律，娓娓动听的故事，将听众与读者引入柯尔克孜先民的生活画卷，充分展示出独具匠心的文学表现力和审美情趣。在千年的口耳相传过程中，史诗《玛纳斯》作为中华文化的一部分，始终扎根中华文明沃土，与中华文化血脉相连、息息相通、交流交融，秉承中华文化崇仁爱、重民本、守诚信、讲辩证、尚和合、求大同的思想，体现了多元一体的中华文化特征。

党和国家历来高度重视和关心少数民族文化保护与传承。就史诗《玛纳斯》来说，新中国刚刚成立后的五六十年代，从中央到地方就开始了有计划地采集、记录、整理《玛纳斯》的工作。20世纪60年代起至90年代,研究者记录、整理、出版了著名的《玛纳斯》传承人居素普·玛玛依演唱的八部《玛纳斯》柯尔克孜文本。2006年国务院批准史诗《玛纳斯》列入首批国家级非物质文化遗产名录。2009年我国成功申报史诗《玛纳斯》入选联合国教科文组织"人类非物质文化遗产代表作名录"。

党的十八大以来,以习近平同志为核心的党中央高度关注《玛纳斯》等中国少数民族三大著名史诗的保护传承。习近平总书记在中央民族工作会议、文艺工作座谈会、第十三届全国人大一次会议等重要会议上,在出访吉尔吉斯斯坦时发表的署名文章中,多次提及并高度评价了《玛纳斯》等三大史诗的历史地位和传承发展价值。他指出,《玛纳斯》等三大史诗不仅为中华民族提供了丰富滋养,而且为世界文明贡献了华彩篇章,是震撼人心的伟大史诗,为《玛纳斯》的传承保护指明了方向。

新疆维吾尔自治区克孜勒苏柯尔克孜自治州(简称克州)是全国唯一的柯尔克孜族自治州。作为《玛纳斯》史诗文化传承地和世界非物质文化遗产项目申报地,克州在《玛纳斯》搜集、调查、记录、翻译、整理、出版、研究以及弘扬振兴方面做了大量卓有成效的工作。2004年,克州人民政府与新疆维吾尔自治区文联联合成立《玛纳斯》汉译工作领导小组(后改为《玛纳斯》汉译工作委员会),以居素普·玛玛依演唱的2004年新疆人民出版社再版柯尔克孜文版《玛纳斯》为蓝本,启动了《玛纳斯》柯尔克孜文翻译汉文工作。

历经17年的不懈努力和辛勤劳动,《玛纳斯》八部18卷23万行、2000余万字的汉译任务终于完成了。这次全译本出版时,对新疆人民出版社2009年至2016年以来出版的《玛纳斯》第一至四部共11卷汉译版进行了必要的修订,对还未出版的第五至八部共7卷汉译版进行了认真细致的编审加工。特别注意八部译文风格的一致,做到汉译稿既忠实于史诗民间文化内容,又保持民间艺人即兴演唱的风格,既兼具译文的美学价值,又能适应广大读者的阅读习惯。

《玛纳斯》汉文全译本的出版,是史诗《玛纳斯》从口耳相传到文字传播的历史性飞跃的又一个重要成果,有利于各族读者从中华优秀传统文化中汲取营养,共享中华民族共同精神财富,铸牢中华民族共同体意识;有利于促进中国《玛纳斯》学的成立和发展,激发全民族文化创新创造活力，进一步坚定文化自信，推动社会主义文化繁荣兴盛；有利于开展对外文化交流和深化文明交流互鉴，提升中华文化影响力，夯实共建人类命运共同体的人文基础。

“等闲识得东风面，万紫千红总是春。”我们相信，像史诗《玛纳斯》一样的中国各民族非物质文化遗产，必将在提高国家文化软实力上创造中华文化新辉煌，在推进社会主义文化强国建设、实现中华民族伟大复兴的中国梦道路上绽放出更加璀璨的光彩！

目　录

第一卷

第 二 卷

英雄赛依特歼灭
吃人魔王喀拉朵

少年赛依特替父出征

哎……哎……依，
为了殷切期待的听众，
为了记忆中的永恒，
为了让柯尔克孜英雄的事迹世代相传，
唱罢玛纳斯第四代人的故事，
再把第五代英雄赛依特唱诵。

饱受磨难的黎民百姓，
历尽艰辛来到圣地塔拉斯城，
追寻玛纳斯子孙的行踪。
百姓们深信，
玛纳斯的心中，
时刻装着柯尔克孜百姓，
他永远是百姓心中的英雄。

旷世英雄玛纳斯，
上天赋予他雄狮般的神勇。
即便对手是山岳般的巨人，
他也能将其戳翻毫不留情。
多少自命不凡的强敌，
在他面前甘拜下风；
多少穷凶极恶的敌人，
被他送进了地狱之门。
英雄的名字从此远扬，
逾越了故乡的天空。

世代传颂的精神珍宝，
来自于先辈玛纳斯，
他是柯尔克孜的英雄。

她与赛依铁克结为夫妻，
两人联手成就了一世奇勋。

第四代英雄凯耐尼木，
是仙女库娅勒所生，
九岁时他还全身发软躺在床上。
当他听说父母亲和祖父被困魔鬼湖中，
一下子从床上跳起来，
飞身跨上骏马单骑出征，
他的举动让诸多巨人胆战心惊。
敢于与他顽抗的敌人，
谁也逃不过被消灭的厄运。
他从不征兵连累柯尔克孜乡亲，
也从不惊动自由自在的黎民百姓。

英雄去了一次日落的西方，
以居仁朵为首的八个巨人，
被英雄一次性消灭干净。
即使像鸽子一样飞起的敌人，
也难逃他手上神箭的射击。
他的神勇让敌人胆寒，
因此获得一个惊人的绰号——
“黄脸死神”。

英雄娶了能干灵巧的绮妮凯，
更使他如虎添翼，神勇倍增。
喀拉卡勒玛克和康阿依再凶，
也惧怕他的勇猛。

英雄在一次战斗中，
自己将折断的腿绑住，
睁圆了冒着烈焰的眼睛，
显示出巨龙般的威猛。
他拔起带根的梧桐树代替长矛，
义无反顾地冲向敌军阵中，

那神勇的形象令天地动容。

凯耐尼木的一生轰轰烈烈，
与他争斗的顽敌不敢逞凶。
多少年来，
柯尔克孜人高枕无忧，
享受着生活的安宁。

孩子们不哭就能安然入睡，
年轻人尽情嬉闹，
刁羊、赛马，策马驰骋；
老人喝着加尔玛[1]，
玩着恰特拉什、凯棋铁、库玛拉克[2]，
尽享生活的欢欣与喜庆。
百姓在塔拉斯安居乐业，
厚厚的油脂在胯骨上滋生。

就在这幸福祥和的时候，
从日落的地方来了一支商队，
牵着骆驼，踟蹰前行。
驮架上驮着些零零散散的杂货，
骆驼用纤绳相牵，前后相跟。
在阿依勒附近宿营。

当晚年轻人早已酣睡，
老年人享用碎肉饭很晚就寝。
谁也没有察觉驼队的到来，
安详地睡到次日天明。

次日晨光洒满山坡，
牧村的景色更加迷人。
牧马人赶着马群，
把马驹一个个套上拴驹绳。
少女们勤快地挤着牛奶，
媳妇们围着艳丽的围裙。

1 加尔玛：一种用青稞酿的饮料。

2 恰特拉什、凯棋铁、库玛拉克：均为柯尔克孜族的民间智力游戏。

8 她们面带笑容忙着生火做饭，
为家人准备着早餐。

忙完了早晨的事务，
小伙子们畅饮马奶酒格外高兴。
媳妇们打扮得像鹦鹉一样，
围坐在一起欢声笑语；
姑娘们荡起了秋千，
彩蝶般晃动着美丽的身影。

人们沉浸在欢乐之中，
很快到了午后时分。
远道而来的商队，
朝汗宫方向行进。
汗宫的卫士上前阻拦，
不许任何人私自进入宫中。

卫士仔细盘问，
把他们的来意问明。
商队的五个人中，
其中一个上前向卫士鞠躬。

“我们有话要对你的汗王讲明，
相信他会给百姓带来好运，
英雄凯耐尼木若知道了我们的境况，
一定会让我们顺畅地走进汗宫。

“曾经广阔的世界突然变得很狭窄，
我们一定要见到汗王，
请你赶紧去禀报。
黎民百姓的诉求，
不应被看作羽毛一样轻。
请把我们的请求，
向尊敬的汗王禀报传送。”

凡事都有它的规矩，
忠实地向汗王禀报实情，
是宫门卫士的本分。
守门的卫士不敢怠慢，
有一位门卫快步走向汗室报信。
他推开门鞠躬行礼，
毕恭毕敬地向汗王回禀。

“昨天傍晚时分，
远方来了一支商队。
今天一大清早，
有五个人来到门外，
他们恳求见到汗王，
不见汗王誓不返回。

“远方来的这五个人，
我们从没见过。
他们面容憔悴，
腰细脖子长，
说话有气无力，
身子三摇两摆。

“好像是饥饿难忍，
显得十分疲惫。
他们说有要事向汗王禀报，
说汗王一旦知道了他们的境况，
一定会同意让他们走进宫来。”

凯耐尼木稍稍动了一下身体，
脸上挂着自信的神采。
岁月在每个人脸上刻上了印记，
此时的他已有些年迈。
他抬了抬手，
不紧不慢地说：
“让他们进来吧！”

自命不凡的卫士返回大门，
好像立下赫赫大功。
他得意扬扬地嘱咐商队的人，
再三叮咛：
“汗王吩咐，
你们可以进去见他，将事因禀明。
你们要谨慎，
不要太靠近，
不要像没有教养的人那样，
走到他的面前，
胡搅蛮缠。
否则，你们将饱尝他暴烈的脾性！
如果惹恼了他，
你们就会失去性命，
任谁说情也不顶用！”

那卫士将商队的人，
领进了汗宫。
商队的五个人，
见到凯耐尼木时，
真诚地把双手抚在胸前，
向着汗王行礼，
表示恭敬。
面对威严的汗王，
他们浑身哆嗦，
胆战心惊。

厨师忙碌着，
准备饮食；
侍女穿梭着，
铺开了餐布。
各种佳肴都端了上来，
让客人享用香喷喷的饭食。

美味佳肴勾起了五人的食欲，
一口气将所有的饭食全部吃净，
但由于吃得过饱，肚子有些胀痛。

当侍女收起餐布时，
商队的人站起来鞠躬。
凯耐尼木明白，
这是他们的习俗，
表示对上天和主人的尊敬。

凯耐尼木向来者问话：
“远道而来的客人，
你们来到这里，
究竟为了什么事情？

“面对自己的汗王，
我的百姓不会畏怯。
对于远道而来的客人，
无论是哪个部族的百姓，
我们都会以礼相待，
这就是白毡帽的柯尔克孜，
为人处世的传统和规矩。”

商队的五人之中，
有一个人能说会道。
面对凯耐尼木的询问，
悲苦的话语从口中流出。

“我们是来自卡坎秦[1]的普通百姓，
穿越沙漠戈壁，
经历千难万险，
就是为了求见您——
尊敬的玛纳斯的后代英雄。

“我们牵着骆驼，

[1] 卡坎秦：也译作卡坎钦、秦马秦等，指九州、中原大地。

驮着丝绸和茶叶，
不辞辛苦地终日跋涉，
商队总是朝着日落的方向而行。

“经过十八个月的行程，
我们来到一个叫凯尔克提的城市，
从此好运不再，灾祸不离。
黑心的汗王苏来玛特，
把我们送到喀拉朵恶魔手里。

“喀拉朵凶恶至极，
他骑着灰骡子，
穿着铁甲衣，
如果不向他低头表示顺从，
顿时会成为他的刀下鬼，
无辜地走进地狱里。
一些被他抓到的人，
眼睁睁地看着被他生吞了下去！
百姓要向喀拉朵缴纳繁重的贡赋。
贡赋缴不上就要拿姑娘抵押，
没有姑娘抵押就会丢掉性命。
喀拉朵给一方百姓带来无尽的灾难，
阴云笼罩着凯尔克提。

“苏来玛特汗王的独生女克勒吉凯，
也被他抢走，
让她倒酒成为侍女。
凯尔克提的所有黎民百姓，
受到双重的奴役。

“喀拉朵疯狂杀戮，
使安详的世界变得狭窄无比。
劳动果实被恶魔掠夺，
好运从此远离了凯尔克提。

“现在我们来禀告，
我们自己的亲身经历。
我们是长途贩运的商队，
商队的头领是我，
我们原本是无忧无虑的生意人，
我们自以为是外乡人，
凯尔克提的事与我们没有关系，
谁知大祸会降到我们头上，
想躲也躲不及。

“突然在一天夜里，
凯尔克提的汗王苏来玛特，
派人来到商队的驻地：
‘明天，让商队出发，
到英雄喀拉朵那里去，
远道而来的商人们，
到了喀拉朵那里，
都要将他精心服侍，尽心尽力！’

“对于远离故乡的人而言，
不容有拒绝的道理。
我让大家把货驮在驼背上，
离开了不幸的凯尔克提。

“商队赶了一天的路程，
天快黑的时候，
我们来到了一块看似平静的土地。

“在那里，
我们见到了吃人魔王喀拉朵，
还有他的老妖婆和他们的五个儿子。
妖婆名叫加迪考依，
她的长相与喀拉朵一样，
面目狰狞，十分凶狠，
见到的人会不寒而栗。

“喀拉朵阴沉地盯着商队的人，
然后命令牵出两个男子，
把他们强行拉去。
我们眼睁睁地看着他行凶杀人吃肉，
填饱了肚皮打了个嗝，
四仰八叉地躺下歇息。

“他们把我们流放到一条峡谷，
像养牲畜一样看守着我们，戒备森严。
每天都有两个人被拉出去，
被活活吃到喀拉朵的肚里！

“我们是做生意的人，
一向本分地做自己的生意。
我们的商队出发时是三十七人，
过了一段时间，
仅剩下了我们五个人，
我们只有绝望和心悸！

“五个人都害怕极了，
茶饭不思；
五个人的背都驼了，
像来自地狱。
谁要是看见我们的样子，
谁都会摇头叹息。

“货物没有了，
骆驼没有了，
命也快没了。

“凯尔克提的人都在传说：
远方来的人失踪了，
准是被送到了巨人那里。
那些落在喀拉朵手里的人，

迟早会被吞进他的肚里。

“剩下的我们这五个人，
情绪低沉日渐消瘦，
只有一口没有断的气了。
突然有一天，
有一个人来到这里，
传达了这样的命令：
‘出去！
赶快离开这里！
把你们在这里看到和听到的事，
向所有人讲述，
让天下的人都知道喀拉朵的残暴！’
从喀拉朵巨人那里，
我们活着出来的原因就是这样的。

“不要以为这是假的，
英明的汗王凯耐尼木，
你现在听到的，
就是来自凯尔克提真实的消息。

“心胸开阔的英雄玛纳斯，
我们早就听说他英勇盖世，
您是玛纳斯英雄的后裔，
您有着先祖传下的英雄本色，
所以我们千里迢迢来找您。
在喀拉朵和苏来玛特那里，
百姓正遭受着苦难的折磨！”

商人讲完了，
悲怆的气氛在汗宫里久久不散。
凯耐尼木心想：
“在辽阔的塔拉斯平原，
祖先留下的荣光永世流传，
这样伤天害理的事情，

食人魔王若是这样，
每天吃两个人，
过不了多久，
方圆百里的人都会被他吃光！

“既然知道了这样的事，
我就不能无动于衷，犹豫彷徨。
玛纳斯的后裔凯耐尼木，
不能愧对英雄称号的荣光！”

凯耐尼木一旦决意行动，
他就雷厉风行谁也无法阻挡。
他站在塔拉斯怒斥着——
远在凯尔克提的那个吃人魔王。

绮妮凯得知此事，
心想英雄出发之前，
会和她母子见上一面。
但凯耐尼木并没有过来，
也没有给她母子俩留言。

绮妮凯十分焦急，
担心儿子赛依特事后埋怨。
她为了给儿子报信，
急忙来到儿子赛依特的房间。
她刚把头探进屋里，
刚睡醒正要出门的赛依特，
正好与母亲碰了个照面。

大地洒满了阳光，
年轻的赛依特活力奔放。
母亲走近独生子的身旁，
对心爱的儿子开了腔：
“我的宝贝儿子，
你正在健康成长，

你是否能像祖先一样，
有朝一日成为百姓的倚仗。
你父亲执意要出征去远方，
我不知道他要去哪里，
吉凶难卜，前途迷茫。
孩子，我特意来找你，
你去向你顽固的父亲问个明白，
将他心头的愁云驱散，
出征的事要从容商量。”

赛依特明白了母亲的意思，
把要穿的衣裳提在手上，
他迈动双腿，
矫健地来到父亲的身旁。

此时，英雄凯耐尼木，
一只脚已套在马镫上，
正要跨上骏马奔向战场。
无论凯耐尼木是英雄还是汗王，
赛依特心中父子亲情在上。

年轻的孩子赛依特，
用洪亮的声音问候了父亲，
伸手抓住了马缰。
焦急而殷切地问：
“父亲你这样急匆匆地上马，
不知要去向何方？”

凯耐尼木望着爱子，
眼里放出慈爱的光芒。
他简短地向赛依特讲述了商队透露的情况。

“既然我已知道了这样的事情，
我必须立即出征将恶魔讨伐！
我不会容忍他横行乡里，

残暴地将那里的百姓随意杀戮。
像克勒吉凯那样遭受凌辱的美女，
我要将她解救出来，帮她回家。”

赛依特抬头望着父亲，
清澈的眼里透出坚毅的神情：
“灵魂伟大的父亲，
您一向教导我：
‘要勇敢，要坚强，
对待暴行不能无动于衷。’
我们的祖辈留下遗训：
‘从孩提时代就跨马出征！’
这是玛纳斯家族与众不同的殊荣。

“如果年轻人留下，
让老年人出征，
那样会遭到世人的讥讽。
让我替您去吧，
我慈爱的父亲！
要穿的战袍已准备好，
要骑的马已在嘶鸣。
像样的武器有几件，
黑脸颊的月牙斧，
在宝库里等待上阵。

“胯下的坐骑铁勒库荣[1]，
是阿依罕的儿子送的贡品。
它的胸脯像羚羊一样强健，
它的腿像公羊那样机敏，
它的尾巴比鬃毛长，
它的鬃毛像小孩的头发油光发亮，
它浑身的绒毛像海狸熠熠发光，
它的头像公鹿那样高挺，
它收紧身子能越过两个沟坎，
它动作敏捷像飞鸟一样轻盈。

[1] 铁勒库荣：马名，意为皮毛滑溜的棕褐色骏马。

“它从不老老实实低头走路，
总是咬着嚼环昂首急行。
只有最好的骑手，
才能驾驭它驰骋。

“请您给我美好的祝福吧，
我的汗王父亲，
除掉那个令人憎恶的吃人魔王，
我要机智地与他较量，
将他彻底战胜！”

听了赛依特的这番话，
慈爱的父亲分外欣慰舒心：
“你不要动心思了，
亲爱的孩子，
你还年轻，
派遣你去远方，
我怎能忍心！

“你还是一只雏鹰，
你只有十四岁，
正是带领几十个孩子，
放鹰玩耍的年龄。
我怎能把你派往凯尔克提，
到那个燃烧着烈焰的火坑？

“我虽年纪稍大可依然身强力壮，
遇事决不做袖手旁观的父亲！
山一样的那只野兽，
正在那里为非作歹，
正在那里肆意逞凶。
冤屈不平，正义不伸，
我怎能辜负了这份责任？
我不能被那些死者嘲笑低看半分。

让年迈的父亲远征，
我却留在家里，
呆呆地望着天空的流云。
这样的痛苦我不要，
我不能落下不孝的坏名声。
父辈留下的传统，
如果不能继承，
活着等于死了，
赛依特还有什么灵魂！

“让我去吧，
我的汗王父亲！
请给我祝福，
我的汗王父亲！
不要舍不得儿子的性命，
不要想动摇儿子出征的决心。
我要单枪匹马，
去把恶贯满盈的强敌战胜。

“只要我的生命尚在，
只要我的道路依然畅通，
只要先祖玛纳斯的灵魂护佑我，
我会夺取那恶魔的性命，
我会救回那个叫克勒吉凯的美女，
来向父亲复命。

“我要继承先辈的传统，
为了解救苦难中的百姓，
宁愿舍去短暂的生命。
如果不把恶魔打翻在地，
如果不把他的嘴唇戳穿，
赛依特就不配在这个世上生存！

“为我祝福吧，
我的汗王父亲！

不要耽搁了儿子出征！

“我要让敌人领教我的勇猛，
守卫家园，奋不顾身，
保护百姓是英雄的责任。
如果荣誉和幸福在我头上降临，
我会打掉敌人的嚣张气焰，
打败那个自视高大无敌的巨人。
如果我做不到的话，
我愿在地下长眠不醒！”

听了赛依特的一番话，
凯耐尼木满心欢喜：
“呵，我的小马驹，
你年老的父亲，
感谢你的一片孝心。

“看来你真的很想去远方，
讨伐那个万恶的魔鬼。
如果你真的去了远方，
你小小年纪，
我怎能放心？
我会牵肠挂肚，
整日坐卧不宁。

“年轻的孩子在玩刁羊，
喊叫着满世界驰骋。
如果在那纷飞的烟尘里，
看不见你熟悉而矫健的身影，
你的母亲会望穿双眼，
掺着血的泪水盈满眼眶！

“我曾经在荒无人烟的大漠生活过，
心智成熟，骨头也硬，
还是让我鞭策着坎库拉骏马，

去往凯尔克提远征！”

凯耐尼木说罢骑着坎库拉骏马，
抖动缰绳就要出发。
年少的儿子紧抓马缰不放。
望着刚毅的父亲，
赛依特更加不肯让步。

“祖先传下来的规矩神圣无比，
今天您不能将它背离。
因为我爷爷的缘故，
九岁时您就上马迎敌。
如今我已长大成人，
整整十四岁年华。
勇气像火焰一样燃烧，
热血像大河一般奔流不息。

“您就在家里安心地颐养天年，
让我去征剿那气势汹汹的敌人。
先祖玛纳斯的灵魂，
始终在我的心中，
到了紧要关头，
我就呼唤着他的名字。

“巴卡依和阔绍依，
阿勒曼别特和楚瓦克，
还有您常讲起的色尔哈克，
我的祖先赛麦台依、古里斯，
这些英勇善战的勇士，
我会时时想起。
像奶汁般纯洁珍贵的言语，
洒满阳光的脸庞和身躯，
英雄的形象和事迹，
是挥之不去的记忆，
常留在我的血液和心里。

“我的爷爷和奶奶，
英雄赛依铁克和库娅勒，
我更不会将他们忘记。
请将神驹铁勒库荣交给我，
我会对它格外爱惜。
倘若它疲乏了，
我会让它吃饱喝足，
然后小心翼翼地再骑。
我会毫不留情地，
迎向扑面而来的劲敌！”

听了赛依特真挚的话语，
凯耐尼木终于被说服。
他命令侍卫将中意的铁勒库荣马，
从马厩中牵出。
鞴好了马鞍，
选齐了武器，
所有上阵的用具都准备齐全，
凯耐尼木开始了作为长者的叮嘱。

“我的孩子，
我要为你祝福。
我允许了，
你去吧，勇敢地策马上路！

“你要到敌人那里去同他们搏斗，
全力以赴将他们拿下！
凡是我知道的，
我都会告诉你；
凡是我叮嘱的，
你千万都要记住。

“只要人活着，
自然会得到很多财富。

如果听人说有许多金银珠宝，
如果听人说有无数只牲畜，
千万不要贸然前往，
不要让贪念蒙住了双目。

“哪怕一个敌人用一千只羊赎罪，
你也不要接受他的牲畜。
‘对敌人留情的人，
妻子会将他抛弃。’
自古以来老人留下这话，
你要正视这个规矩。

“若是让人刺伤，
即使不死，
身上也会留下伤痕。
生活的经验要常常总结，
不要让心灵蒙上浓雾乌云。

“我听人说，
苏来玛特汗王，
他是一个老奸巨猾的家伙。
让商队的人到来，
把他们送给魔王喀拉朵，
以此庇护自己的部属。
你瞧他的用心，
是多么的狡猾险恶！
像他这样的人，
世上还有很多很多。

“‘你是英雄！’
若是有人将你这样夸赞，
我的孩子，
你千万不要不知天高地厚，
你千万不要飘飘然不知所以。

“不要上敌人的当，
让年迈的父亲懊恼欲哭；
不要因为自己年轻，
就将父亲的叮嘱抛至脑后。
此时的我感慨万千，
心中似有万语千言，
内心欲说，嘴上无语。

“我的孩子啊，
你活蹦乱跳的身影，
何时才能再映入我的眼帘？
我们等着你凯旋，
我会在你出发时的山谷将你迎接。

“商队给的线路图在这里，
它会给你引路。
你带上商队画的线路图，
在路上就不会迷失方向。”

年少的骄子就要跨马出征，
激动的心犹如大海泛着浪花。
慈爱的父亲凯耐尼木，
牵过赛依特要的那匹马，
连同商队的线路图一起给了他。

“把双手摊开，
我的马驹，
把你的腰带搭上脖子，
让我为你祝福。
牢记着父辈的教诲，
任时间流逝也不要忘记。

“你将要奔赴沙场，
与强大的敌人对峙。
天高地阔，

高山大河拦阻，
路途险恶，前途未卜。
但愿你能早点凯旋，
亲人们盼着你满载荣誉平安归来。

“意志坚定，英武卓绝，
威仪显赫的玛纳斯，
愿他不朽的灵魂，
时时刻刻护佑着你。

“驱马向前与敌人拼杀时，
千万不要念叨我的名字，
也不要叫出自己的名字。
只有先祖玛纳斯的英灵，
才能给你智慧和神力。
冲锋杀敌的时候，
你要高呼‘玛纳斯’的口号。
走上战场，
要勇敢灵活，
与敌拼杀全凭智慧与实力！

“柯尔克孜人中出现过许多雄狮，
曾建立过惊天动地的业绩，
英雄们的名字像群星闪烁，
你要牢记他们的丰功伟绩。
父亲讲的这些话，
你千万不要忘记。

“我曾听说过，
前辈的英雄中，
阿勒曼别特曾提出过智慧的建议，
祖先玛纳斯没有听取，
结果含恨离开了人世。

“你不要像他那样，

我要反复叮咛你，
要纳谏如流，
倾听逆耳的忠告，
这是做汗王的箴言。
你将跨马远征，
祝你平安顺利，
愿玛纳斯的灵魂护佑你。

“从契丹来的前辈阿勒曼别特，
始终与你的青鬃狼祖先相伴相依，
即使到世界末日来临之际，
他们誓不分离，互不放弃。
你在遇到困难时，
也不要把他忘记。

“性格开朗的英雄楚瓦克，
你永远不要将他忘记。
像老虎一样的色尔哈克，
人们难以忘记他的英雄事迹。
你要向这些先辈英雄，
表达出由衷的敬意。

“如果你遇到了困难，
就要请先辈们帮助。
从内心深处，
轻声呼唤着他们的名字。
倘若这个世界有知，
世界不会忘了英雄创造的史诗。

“柯尔克孜的英雄很多很多，
他们的英名不会消失。
已经弃世远去了的雄狮，
还有几个人我要告诉你，
我的先辈巴卡依，
率领着玛纳斯留下的英雄后裔。

“百炼成钢的爷爷赛麦台依，
在柯尔克孜人身后，
犹如有座大山可倚；
赛麦台依的终生伙伴，
是忠诚的古里巧绕雄狮。
每当猛虎赛麦台依冲锋陷阵，
古里巧绕紧紧跟随，形影不离。

“用纯洁的乳汁哺育他的，
是一个善良的母亲，
她超人的智慧令世界称奇。
她是你的高祖母卡妮凯，
她辅佐了柯尔克孜的四代汗王，
她的功绩天下第一。

“她是会飞的仙女，
上天安排她与凡人联姻并蒂，
她是阿依曲莱克，
你的曾祖母，
她辅佐了柯尔克孜三代英雄，
你更要把她留在心里。

“你的祖母是库娅勒，
她既是仙女又是大力士。
她武艺高超，所向无敌，
她是闻名于世的巾帼英雄。
是她用自己洁白的乳汁哺育了我，
想起了父亲你就要把她牢记。

“如果你忘记他们，
你就会遭受折磨。
你不要沉溺于美女，
不要忘却自己的使命，
丧失自己的斗志。

"苏来玛特的女儿克勒吉凯，
听说长得十分美丽。
如果命运安排，
如果把敌人征服，
你要把美女带回故里。
我把她称作孩子，
劝她嫁给你。
'把美女从敌人手里夺回来的是你，
娶她的也就是你。'
但是现在我这样说，
你也许会对我埋怨生气。

"按照祖先的规矩，
该说的我一五一十地都告诉了你，
长辈的话是金科玉律，
你要牢牢记在心里。

"你的曾祖父赛麦台依，
激情燃烧，奋勇出击。
面对千军万马，
勇往直前，所向披靡。

"你的祖父赛依铁克，
他十二岁时就跨马出征，
打败了篡位的叛逆者。
年少有为，气势非凡，
夺回汗位扬眉吐气。

"我九岁时上马迎敌，
把许多巨人刺翻在地。
当腿部受伤骨折，
我把腿捆绑起来，
继续与敌搏击。
想起祖先玛纳斯，

我变得勇猛无比。

“如果你受了伤，
柯尔克孜的好小子，
你要更加勇猛顽强，
奋力杀敌。

“孩子，不要让伤痛吓倒你，
不要让人说‘赛依特被击倒了’。
不好的名声不能留给你，
更不要辱没了白毡帽的柯尔克孜！

“九岁时我跨上战马，
山一样巨人的力量充满了我的身体。
十四岁时你上了马，
玛纳斯的灵魂会护佑你！
只有上天才知道，
以后发生的事。
我虔诚地为你祝福，
愿你赢得胜利，早日凯旋！”

长满红柳的塔拉斯，
洒满金色的阳光；
金碧辉煌的汗宫，
在蓝天下放射着耀眼的光芒。
雄狮的后裔要出征了，
激动的情绪在每个柯尔克孜人心间荡漾。

腰间挂满了兵器，
神色威严异常。
骑上铁勒库荣马身形更加高大，
像奥波勒山一样威武雄壮。

汗王玛纳斯的几代子孙，
每次出征势不可当。

蓄势待发的少年英雄，
就要走上战场与敌拼杀。

白毡帽的柯尔克孜人，
全体出来为他送行，
列队站在道路两旁：
“愿天神赐给你勇气和力量，
迎面而来的敌人，
让他的血像水一样流淌！”

他骑的骏马是千里神驹，
跑得比风还快，
与他的形象十分般配。
年轻的雄狮赛依特，
就像汗王玛纳斯一样憎恨恶魔。
当他独自出征的时候，
好运气伴随在英雄身旁。

战靴穿在脚上，
金甲披在身上，
银盔高耸在头上。
色尔长矛握在手中，
月牙斧在腰间闪闪发亮。

剑在鞘中发出清脆的响声，
盾牌在背上摇晃，
阿勒玛巴什神枪[1]扛在肩上。
宽松的裤管甩动着，
胯下的骏马嘶鸣着。

眼睛黑得像煤炭，
脸色冷峻得像青钢。
山一样结实的身躯在马背上稳坐，
威严的神态同祖先玛纳斯一样。

[1] 阿勒玛巴什神枪：意为苹果头神枪。

他的心中怒涛翻滚，
他的双眼喷射着火光。
为了在苦难中忧伤的百姓，
年轻的雄狮奔向日落的方向。

柯尔克孜的黎民百姓，
祝福他战胜敌人平安还乡。
勇士赛依特出发时的情形，
没有给敌人留下丝毫幸存的迹象。

赛依特路遇杰提力拜

赛依特离开塔拉斯，
日夜兼程，
铁勒库荣骏马与他配合得天衣无缝。
它紧紧地咬着嚼子，
瞪着公羚羊一样发亮的眼睛；
它步履敏捷，越走越快，
像母羚羊一样快如流星；
它身子修长，收紧肚腹，
动作像飞鸟一样快捷轻盈。

它有力的蹄子踩碎了地上的石头，
弹出的石子四处飞迸，
像抛出的石子一样有力迅猛。
它美丽的鬃毛和尾巴飘飘扬扬，
远看像贴着山脚飞过的一团云影。

不知疲乏的铁勒库荣，
扬鬃奋蹄，精神抖擞，
浑身上下渗出的汗水，
顺着脖子和肚子流个不停。
刚强坚毅的赛依特，
始终观望着两旁的动静。

铁勒库荣舔着嘴唇，
收张着鼻息，
好似一匹公狼面对猎物。

赛依特骑着铁勒库荣神驹，
整整走了三个月的路程。

蹚过条条流势湍急的河水，
翻过座座高耸入云的崇山峻岭。
栉风沐雨，夜宿晓行，
有时难免在路上露营。

先前不曾留下人们足迹的地方，
这回见到了他们的脚印；
先前不曾见过的奇景，
这回映入了他们的眼帘。
眼前的景色多姿多彩，
烦闷的心情被一扫而尽。

远处的山头和岩石层峦叠嶂，
巍然屹立似一道道屏风。
奇形怪状神态各异的山头和岩石，
有的像豺狼当道，
有的像雄鹰展翅，
有的像猛虎长啸，
有的像雄狮怒吼；
有的似千军布阵，
有的似万马奔腾，
有的似巨人直立，
有的似猛兽横卧。
石峰林立的崇山峻岭，
远远看去令人触目惊心。

周围各种各样的鸟儿，
啁啁啾啾鸣个不停。
飞起来时遮住阳光，
聚在一起难以数清。
有的羽毛尖上像挂上了一片白银，
亮光闪闪，耀人眼睛；
有的像镀上了一层黄金，
神态矜持得像个贵人；
有的似脖子上戴了项链，

好像有人刻意为它献殷勤。

鸟儿们形状各异，
神态各不相同，
有一种鸟的羽毛有很多种，
有一种鸟的羽毛只有一种。
要想说清它们的种类，
舌头跟不上，
声音搅不清。
这些有羽毛的生灵，
让世界变得更加生动。

鸟儿们有的蹲在树上，
守护着雏鸟幼小的生命；
有的在地上忙碌，
寻觅着食物的踪影；
有的在天上叫着：
“我没法落脚，
快给我一块地方安身！”

有的有羽毛却不能起飞，
等待着头鸟的指令。
苍天赋予它们动听的歌喉，
它们向世界发出美妙的叫声。

有的似在向人问候，
有的似在向人诉说。
各种鸣叫声交织在一起，
迷人的声音让人们回味无穷，
让人们享受着大自然的美妙鸟鸣。

漫山遍野长满了果树，
果树下绿草如茵。
石榴张口大笑，
露出一排排红宝石一样的牙齿。

像马头一样大的苹果在枝头摇晃，
核桃像河里的石头在叶间滚动，
各种果实长得十分丰硕。
桑树的叶子大得像绿色的头巾。

黑蒿和麦芽头，
连着美人蕉和虞美人；
野苜蓿和熊头草，
牵着洋姜和洋葱；
酥油草和郁叶草混杂在一起，
你拥我抱难以分清；
还有郁金香和仙人掌，
站在高处迎着晨风。

各种花草争奇斗艳，
装点得山野姹紫嫣红；
水草在水中摇曳，
岸边的芦苇随风摆动；
白杨和柳树生机勃勃，
展现出一片葱茏；
杉树、檀香树枝叶相扶，
错综生长，郁郁葱葱；
松树和柏树挺直了身子，
像千年不老的寿星。

各个山谷都有流淌的河水，
潺潺流水，哗哗作响；
峡谷高处涌出泉水，
晶莹的水珠在岩石间跳动。

鱼儿在水中嬉戏，
鹰隼在天空飞行；
兔子跳起来飞蹿时，
像野马驹跃起腾空一般；
蝎子出来觅食，

就像长蛇一样在穿行；
草丛里的蛇又粗又长，
就像拉直了的长绳。

喜鹊在树上吵闹，
青蛙在湖中鼓动着喉咙；
蚂蚱在吱吱嚓嚓地叫着，
就像美妙的库姆孜琴声。

鸵鸟、白鹭在河边散步，
狐狸和野兔在平坦处追逐扑腾；
老虎在草窝里互相搏斗，
旱獭和紫貂在山坡上比赛着爬行。

棕熊抖动着浑身的长毛，
野狼贴着地面小心前行；
狮子张嘴伸着懒腰，
好像刚刚吞下一只小熊。

野羊在岩石上休憩，
野马在旷野排列行进；
骆驼拖着短尾在河边饮水，
公鹿在高处呦呦低鸣。

鸭子飞走了，
天鹅就降落湖中；
雪山上的雪鸡啼叫时，
森林中的羚羊就欢欣回应。

杜鹃和布谷鸟，
鸣叫的声音一声连着一声；
鹦鹉学唱着各种声音，
那声音优美而动听。

松鼠在林间蹿来蹿去，

呱呱鸡在草坡上一群一群；
夜莺在不停地欢唱着，
歌声婉转悦耳。

赛依特穿行于此间，
大约有一个半月的时辰。
他看到的飞禽走兽，
至少有一千多种。

时间在奔驰中流逝，
奔驰的人不知时间的漫长。
大约走了三个多月的光景，
赛依特来到离凯尔克提不远的地方。

年轻的赛依特策动战马，
快步奔向前面的一个山冈。
他从怀里掏出千里眼，
挺直腰板，向前观望。

在视线可及的北边，
在一片延伸的沼泽地上，
只见一个狩猎的汉子，
骑在一匹小巧的棕褐色马上，
英俊的脸闪耀着古铜色的亮光。

白鹅扑打着翅膀，
还没来得及从水面飞走，
躲在树丛中的猎手突然跃起，
好像一只巨大的神鹰从天而降，
霎时间就将三四只白鹅擒在手上。

赛依特在远处悄悄看着，
不由从心底发出由衷的赞赏，
骑着没有鞍具的马在水里活擒白鹅，
他还是第一次见识这样的景象。

赛依特快步奔向前去，
猎手正将猎物拴在马上。
“喂，勇敢的猎手，
你等一等！”
赛依特远远地就开了腔。

年轻的猎手停住了手中的活计，
锐利的目光迎向赛依特的双目：
“活够了的，你是谁？
不要隐瞒，把一切都告诉我。
我已经观察了好一阵，
你在前面不远处骑马踟蹰。

“你从远方漂泊而来，
比我还孤独。
快快告诉我，
从远方来到这青河谷，
你到底有什么企图？”

“嗨，勇敢的猎手，
你到底是谁，
如此盘问我的底细？
不要探问我的事情，
还是先说说你自己。

“骑着光背的马在水里捕获白鹅，
像个没事的闲人似的。
你骑的是匹真正的骏马，
你跃起的身姿，
好像从天而降的鹰隼一样。

“勇敢的猎手，
你来自哪里？
为什么来到这荒无人烟的野地？

你在这里孤苦伶仃，
心里好像蕴藏着说不完的伤心事。

“不要隐瞒，
快快告诉我吧，
说清了你再离去。
这是什么地方，
人们怎么称呼，
这里的首领叫什么名字？
这些你都统统告诉我吧，
勇敢而又陌生的青年勇士。”

听着赛依特真诚的话语，
年轻的猎手心中的坚冰终于消融。
他向赛依特敞开了心扉，
好像面对一位久别的朋友。

“你要真想知道，
我就告诉你，
关于我的故乡和黎民百姓的事情。
前面那个不远的地方，
就是凯尔克提王城，
占据汗王位置的人，
叫作苏来玛特，现在是这里的首领。

“这一带的百姓本来都很富裕，
生活得舒心又安宁。
可是现在这里没有人影，
除了动物这里再没有其他生命。

“在凯尔克提的北面，
有一个叫喀拉朵的人。
那是一头不得好死的野兽，
他生性暴烈，嗜血成性。
他到底来自何方，身世如何，

没有人能够说得清。
许多无辜的人被他活活吃掉，
他的恶行令世人震惊。

“多少城市被他抢掠，
多少财产被他霸占。
多少勇敢的壮士被他杀害，
敢于与他对峙的人都断送了性命。

“古都斯的土地被他占领，
掠走的财物难以数清。
凯尔克提的百姓，
几乎被他抢劫一空。

“他领着五条咬人的恶狗，
让人间充满了血腥。
黎民百姓为了活命，
不得不四处漂泊，
离乡背井！

“喀拉朵抓来了很多窈窕美女，
抢来了成千上万只牲畜。
他带给人间无尽的灾难，
人们恨透了这头吃人的恶魔！

“那个叫苏来玛特的汗王，
有一个独生女叫克勒吉凯。
她的美貌令人神往，
无数男人对她倾慕。
‘把她给我带走，
我要她天天为我斟酒！’
喀拉朵蛮横无理地把她抢走，
克勒吉凯只能暗地里吞咽着屈辱。

“从古都斯和巴格达特，

挑选出的众多美女，
最美的要数阿勒特娜依[1]，
还有巧勒潘娜依[2]姑娘，
也被他蛮横地抢走，
多少人骨肉分离！

“我钟爱着美丽的阿勒特娜依，
她让我的爱火熊熊燃烧，
她在我的心中，
好似一盏明灯，永不熄灭！

“我名叫杰提力拜，
巴格达特原先的首领就是我，
失去了心爱的阿勒特娜依以后，
又被抢夺了汗王的宝座。
面对这头残暴的野兽，
即使拼死一搏，
恐怕也难有胜算。

“失去了心爱的姑娘和宝座，
我的心像在滚水里煎熬。
想死，又不忍心去死，
想活，又不知如何去活。

“我无法平静，到处漂泊，
我无力伸张正义，
也找不到勇敢的英豪消灭巨魔。
我眼望着日升月落，
过着痛苦忧伤的生活。

“我备受煎熬，
泪水不停地流，
一人独自在荒野经受折磨。
即使有了睡意，
也无法安然入睡，

[1] 阿勒特娜依：古都斯人。

[2] 巧勒潘娜依：巴格达特人。

心潮翻腾，
从来没有平静过。

“正当我嘴唇干裂，
神情疲惫的时候，
梦中见到一个人。
他骑着白色骏马，
从我面前飘然而过。

“他身材伟岸，相貌俊朗，
白白的牙齿衬着一身白白的绵绸。
他迎敌的武器特别精巧，
马背上铺着昂贵的锦缎。
他跃动着英俊的身姿，
威武的样子让敌人胆怯。

“他径直走到我身边对着我说：
‘你还年轻，勇敢的猎手，
不要在这里折磨自己。
到凯尔克提去吧，
先在路边等着，
你将遇见英雄玛纳斯的后裔——
年轻的勇士赛依特。
你要把心中的冤仇，
毫不保留地向他诉说。

“‘如果玛纳斯的灵魂护佑你，
如果至高无上的天神保佑你，
英雄将会夺回你的所爱交给你，
你会与你倾心的美女重新团聚！’

“那神秘的人讲完这些话语，
就从我眼前消失，
再没有出现在梦里。
从那一天起，

我就来到此处，
一直等候在这里。

“我胯下的马叫库拉阔勇波孜[1]，
它是一匹天下难寻的神驹，
它是良种公马与强健的母驴交配所生，
是体质健壮的骡驹。

“我在这里苦苦等候，
寂寞的时候追逐着野鸭和野鹅。
我形单影只，孤苦伶仃，
也只好这样苦苦度日。

“我若遇见什么人，
就会迫不及待地询问姓名。
如果来者的话不中听，
我不会和他结伴而行。
如果谁能把阿勒特娜依还给我，
我甘愿为他赴汤蹈火，付出性命！”

杰提力拜絮絮叨叨地说着，
终于讲清了事情的来龙去脉。
性格开朗、心胸坦荡的赛依特，
对他的不幸遭遇非常同情，
决定向他敞开自己的心扉。

“杰提力拜，我的小伙伴，
我告诉你我的祖先和我的名字。
我的祖先是阿依阔勒雄狮玛纳斯，
我的故乡在坎阔勒塔拉斯，
我们的百姓是柯尔克孜阿拉什。

“我的名字叫赛依特，
年龄刚刚满十四岁。
我要告诉你我的出身和根底。

[1] 库拉阔勇波孜：马名，意为像白兔一样的骏马。

杰提力拜，
你要听仔细。
我的祖先是柯尔克孜，
柯尔克孜英雄辈出。

“我的先祖是波彦汗，
波彦汗的儿子恰彦汗，
恰彦汗的儿子喀拉汗。
喀拉汗的儿子奥若孜都，
远近都敬重他的威严和人格。

“奥若孜都有十个儿子，
最长的是加克普。
加克普的儿子是玛纳斯，
他是举世闻名的雄狮。

“雄狮玛纳斯离开人世之时，
他的儿子赛麦台依尚在襁褓中。
加克普欺孤霸产，篡夺汗位，
赛麦台依随母亲卡妮凯四处逃生。
十二岁时他返回故乡夺回汗位，
将柯尔克孜人从苦难中拯救出来。

“骑着公牛的该死的独眼玛德罕，
被赛麦台依毫不留情地刺翻；
带着将士而来的空吾尔巴依，
也没能躲过赛麦台依的枪尖。
十二万节迪盖尔人围城之时，
他打得敌人溃败逃窜。
他娶了阿依曲莱克这样的佳人，
让远近的勇士人人敬重。

“日落地方的芒格特部，
出了个独眼妖魔。
赛麦台依利索地砍下他的魔头，

让巴攘[1]百姓从苦难中解脱。

“黎民百姓欢天喜地，
向他奉献了成群的牲畜，
感谢他救苦救难，恩重如山。

“赛麦台依神秘地消失，
十四年后重返人间，
他的传奇经历，
让世人无不感叹。

“赛麦台依的后裔赛依铁克，
更是一个了不起的英雄汗王。
他身材高大，体重如山，
是马也驮不起的巨人，
英雄的业绩也不平凡。

“赛依铁克在母腹中失去了亲人，
使他自幼就变得懂事而又勇敢。
他打败了暴君克亚孜汗，
初战就在他十二岁那年。
他返回塔拉斯重登汗位，
给百姓带来晴朗的蓝天。

“他勇武超群，天下无敌，
刀枪不入的狂徒萨尔特巴依，
也被他从马上戳翻。

“赛依铁克的儿子凯耐尼木，
‘黄脸死神’的绰号令敌人胆寒。
多少大力士在他手下送命，
他百战百胜从而吓破敌胆。

“九岁时他还是个顽童，
没有武器在手边，

[1] 巴攘：西部地名，有时候也用作部落名。

他拔起一棵带根的梧桐，
代替长矛冲杀向前。
面对七个举世闻名的巨人，
他毫不畏惧，成熟而又果敢。
活了八千年的魔鬼居仁朵，
没能躲过他的枪尖。

“魔头周围还有一些崇拜乌鸦和秃鹫的部落，
这些与魔头居仁朵结盟的强盗，
残酷地将大鹏鸟也锁在冰山。
面对这些强敌，
凯耐尼木毫不畏惧，
倒让敌人魂飞魄散。
他把大鹏鸟救出冰山，
让它重新展翅飞向蓝天。
战斗时他将断腿紧紧绑住，
毫不畏惧，奋勇向前。

“我的父亲凯耐尼木，
就是这样的英雄，
他的英名四处相传。

“我的名字叫赛依特，
我来自遥远的塔拉斯。
我来的目的毋庸讳言：
杰提力拜啊，
凶猛的鹰隼要战胜乌鸦，
智慧的天鹅要拿下恶雁。
我要与喀拉朵厮杀拼搏，
把你失落的百姓，
从魔掌中解脱出来，
让他们脱离苦海，重现笑颜！

“我年迈的父亲，
听说喀拉朵作恶多端，

他立刻愤然提枪上马，
要把喀拉朵的恶行清算。
是我说服父亲留在家里，
跨上健壮俊美的铁勒库荣骏马，
代父出征来到这里，
要与作恶的喀拉朵做个了断。

“我要解救受苦的黎民百姓，
让喀拉朵和帮凶哀伤地哭喊。
我要把你倾心的美女解救出来，
送回到你的面前，
克勒吉凯美女若合我意，
我要把她带回去，
作为我终生的伴侣。

“折磨百姓的那头野兽，
我要让他魂飞魄散！
嗜血成性的那个畜生，
我要把他的头颅砍断。

“灾难深重的凯尔克提百姓，
我要为他们消灾解难。
我正是为了这个目的，
肩负百姓的重托，
从亲爱的塔拉斯故乡出发，
日夜兼程赶到这里，
拯救百姓的苦难，不惧路途遥远。”

听了赛依特的话，
杰提力拜异常兴奋。
梦中等待的贵人，
难道正是这位少年英雄？
心中日想夜盼的美梦，
难道真的就要实现？

杰提力拜激动地翻身下马，
他低身躬行右手放在胸前：
“你叫赛依特，
祖先是雄狮玛纳斯，
难道真是我梦中的英雄来到面前？
我真的会时来运转，重见天日？
这可是天大的喜讯，千年罕见！”
他上前激动地紧抱住赛依特，
泪水止不住涌出了双眼。

“令人喜欢的赛依特，
三年来我一直在路上等候；
英雄的后代赛依特，
至高无上的天神，
终于派来了救星，
解救凯尔克提的百姓。

“噢，还有一件事，
我必须向英雄吐露：
一年前这儿来了一个人，
至今好像还没有走。
他说他钟爱的巧勒潘娜依，
也被喀拉朵从古都斯抢走。

“他来时斗志昂扬，
也是一身铁骨，
如果参加摔跤比赛，
几个人都不是他的对手。

“他出身于穷苦人家，
时常因贫困吃不上饭。
巧勒潘娜依被抢去，
他的心好比火烧油煎，
如今像我一样在外漂泊。
我们俩谈了很多知心话，

他的名字叫阔克布卡[1]。

“即使有很好的功夫，
仍然不敢轻言与喀拉朵拼斗。
战斗时请将他一起带上，
我俩甘愿拼死冲杀，
做你的忠实助手！

“克勒吉凯是苏来玛特的女儿，
他嫁女的条件十分苛刻，
要有喀拉朵的血，
还要有数量众多的牲畜。

“在黑海中间的岛屿上，
有一座青色的坟墓，
青色的坟墓里面，
有块宝石藏在中间。
只有找到了宝石，
才能将大鹏鸟逮住。

“找到宝石，
捉住大鹏鸟，
这是苏来玛特嫁女儿的条件。
他的条件如此苛刻，
至今没有一个人能够实现。”

听了这些话，
赛依特爽朗一笑，
真挚的话语从心中流出：
“你是一个有情的人，
对恋人和朋友牵肠挂肚；
你是一个有义的人，
荣辱与共，甘愿受苦；
你是一个有责任心的人，
答应的事永远不会忘却；

[1] 阔克布卡：人名，意为青公牛。

你是一个有担当的人，
心里装着黎民百姓的安宁和幸福。

“我要迎娶克勒吉凯姑娘，
把吃人的喀拉朵杀死，
把他的皮在石头上晒干。

“我要两步并作一步走，
踏进黑海中的岛屿，
赶到遥远的地方，
闯进神秘的青色坟墓。
取出墓中的宝石，
把大鹏鸟捉到手中。
完成汗王提出的条件，
风风光光把克勒吉凯迎娶！

“这些应该做的事我必须做好，
更不能将喀拉朵放过。
最重要的是解救黎民百姓，
让他们不再继续受苦。
对于一个男子汉来说，
杰提力拜，
这还算事情吗？
再大的困难也要勇敢克服。”

听了英雄的话语，
杰提力拜心花怒放。
燃烧着的心平静了。
激动的热泪不停地流淌，
信心百倍地将大事谋划。

“在去往青色坟墓的方向，
阔克布卡还在翘首期望。
自从我把梦告诉了他，
他和我一样，

焦急地打发着等待的时光。

“身躯巨大的大鹏鸟，
被喀拉朵囚禁在铁网中，
它两只眼睛眨也不眨，
痴痴地望着你要来的方向。

“喀拉朵占据的这块土地，
就连地面上长出的一棵草，
也不让别人的牲畜品尝。
树上的果实不准人采摘，
宁愿它落在地上腐烂。
这个恶魔统治的河谷，
别说是人，
就连动物，
也不准放眼张望！

“对喀拉朵的滔天罪行，
我们一定要彻底清算。
喀拉朵若敢对抗，
这回定叫他有来无返。
苏来玛特惯施阴谋诡计，
我们对他要严加防范。
魔力巨大的青色坟墓，
我们会将它荡平，取出宝藏！

“苏来玛特若要快马比赛，
我小巧的棕褐色快马谁也追不上。
苏来玛特若要马上比武，
阔克布卡会为我们增光。
如果要渡海寻找鱼王，
阿布勒会为我们助力帮忙。

“他是渔夫的儿子，
父亲常年在沿海撒网。

他的父亲是一位勇士，
独自一人，在海上闯荡。
他在沿海撒网时，
喀拉朵把他杀害。
阿布勒怀揣为父复仇的愿望，
只是时机未到，
也缺少克敌制胜的实力，
只好在忧伤中等待。

“你的运气很好，
我的青鬃狼，
你不虚此行，
前路虽然艰险，但胜利就在眼前。
只要你决心去讨伐敌人，
我们两人整装待发，
愿意跟随你奔赴战场！”
杰提力拜把心里的话儿，
毫不隐瞒地和盘托出。

他们让马歇息着，
在避风的地方生起炉火。
锅里堆满了羚羊和绵羊的肉，
他们把野鹅和野鸭的肉，
也一齐放进铁锅里，
氤氲的香气飘散在四周。

骏马吃过草料，
在安静地歇息。
马头被高高地吊着，
不能卧倒只能站立。

他俩美美地休息了六天，
尽情地吃饱喝足，
两个人在这里养精蓄锐，
准备一场生死搏斗。

赛依特大战巨人喀拉朵

赛依特和杰提力拜精力充沛，
再也不愿意消磨时间，
年轻的勇士们跨马向前奔驰，
打算从苏来玛特那里获得消息，
然后再向劲敌喀拉朵发动攻击。

一眨眼的工夫，
勇士们来到了凯尔克提城，
苏来玛特的汗宫就在城里。
不经汗王允许，谁也不敢靠近宫门。
面对手持铁锤和战刀的卫士，
英雄赛依特哪里把他们放在眼里，
他们毫不犹豫地勇敢前行。

卫士拦住了他们，
让他们禀明来意。
“你们怎么这么目中无人，
竟敢放马直闯汗宫？”
卫士高声喊叫，
一副挑战的架势，
阻挡勇士前行。

“我们是远道而来的客人，
为了解救遭受苦难的百姓，
苏来玛特要是维护自己的尊严，
就赶紧开门将我们欢迎！”

卫士被他们的威严所震慑，
再也不敢怠慢客人。

卫士三步并作两步，
飞快地来到苏来玛特的跟前。

卫士点头哈腰鞠躬，
恭顺地把双手放在胸前：
“恭敬的汗王，您还好吗？
按照规矩，我们来向您禀报。

“门外来了两个年轻人，
骑着强悍的骏马，
态度蛮横无理，十分傲慢。
看上去他们不像本地人，
他们的言行令人为难。

“他们声称要见您，
口气强硬，没有半点谦恭。
如果我们得不到您的答复出门，
性命就难以保全。
是否允许他们进来，
我们如实转达您的指令。”

苏来玛特思忖片刻，
做了个手势：
“让他们进来！”
卫士急忙退出，
把汗王的指示传达给两位不速之客。

在那里等候的侍卫，
把两人从马上搀扶下来，
两位少年高昂着头，肩膀左右摇摆，
大步走向苏来玛特。

苏来玛特的汗宫，
从来没有人昂首挺胸走进。
凡是进宫的人们，

都要跪下去在地上爬行。

侍卫朗声叫道：
“你们必须脱掉外衣，
垂首低头才能进来，
这是我们的规矩，
觐见者不得违背！”

杰提力拜赶紧脱掉外衣，
把手从袖筒里抽出来。
赛依特手持鞭子，
大步昂首，
全然不理睬那人的叫喊。

坐在汗位上的苏来玛特，
气得猛地从椅子上站了起来。
但他毕竟是老奸巨猾的人，
稳稳情绪用手指了指请他们入座的座位。
蜜枣、葡萄等各种水果端上来了，
鱼肉等丰盛饭食端上来了，
餐布上摆满了各式各样的食品美味，
待客的礼节十分周全。

“客人，你们休息吧。”
寒暄了一会儿，主人起身告退。
苏来玛特叫来侍者：
“把客人带去客房休息，
明天我要和他们好好交谈，
你们要热情款待。”

“从不低头的苏来玛特，
为什么对这两人这样优待？”
侍者们都很惊异，
不敢对两位英雄怠慢。
毕恭毕敬地把他们领进客厅，

请他们在华贵的被褥中就寝。

尊贵的青鬃狼的后裔，
受到如此热情款待。
英雄赛依特和杰提力拜，
解除了一路跋涉的劳累。

第二天早起，
二人又走进了苏来玛特的客厅。
餐布铺开，喝足早茶，
餐布收起，开始交谈。
苏来玛特这才开了腔：
“尊敬的勇士，你们前来见我，
有什么事儿需要我帮忙？”

“千里迢迢来到这里，
是为了凯尔克提的黎民百姓。”
赛依特正襟危坐，
回答的话语掷地有声。

“我们听说，从遥远的北方，
来了个叫喀拉朵的恶棍，
牧人放牧的河谷牧场被他霸占，
善良的百姓遭到他残酷蹂躏。

“我们听说，他疯狂地搜刮民财，
还强行抢走了很多美丽的姑娘。
你的独生女也被强抢去了，
受尽了屈辱和苦痛，独自悲伤。

“他侵犯古都斯和巴格达特，
欺凌剥削那里的黎民百姓。
巴格达特和古都斯的两个美女，
一个叫阿勒特娜依，
一个叫巧勒潘娜依，

也被抢去做了仆人。

“巴格达特的美女阿勒特娜依，
是杰提力拜深爱着的恋人，
失去了心上的人儿，
杰提力拜日夜难眠。
我要帮他把美女夺回来，
让他的心愿得以实现。

“从你城市里来的商队那里，
我们听说了这里发生的事情，
知晓了被欺凌的百姓心中的悲伤。
愤怒的火焰在我胸中燃烧，
任谁劝说也难消心头的愤慨。

“我从塔拉斯赶到这里，
走了整整三个月的路程。
我要把喀拉朵送进地狱，
解救出死亡线上的百姓；
我要把恶魔抢掠的金银财宝夺回来，
把这些财宝归还原主；
我要把喀拉朵抢去的姑娘，
交还给骨肉分离的亲人。

“我的年龄刚满十四，
正值年轻气盛的时候。
从不低头屈服于敌人，
这是我的祖先玛纳斯，
流传后世的崇高品德和精神。”

年轻的雄狮说罢停下来，
看着苏来玛特的眼睛。
听到提起玛纳斯的英名，
苏来玛特不由心里一惊：
“你有一副铁铸的面容，

还有一双燃烧着火焰的眼睛，
原来你是玛纳斯的后裔，
怪不得如此伟岸而又英俊！

“孩子，听了你的话，
让我吃惊。
见到了你，
是我一生的荣幸。
雄狮玛纳斯的后裔，
从来没有躲避过敌人。
哪怕征途遥远，
也从不推辞远征。
凯耐尼木还在吗？
他是否依然强健威武？
年轻的时候，
他来过凯尔克提城。

“前不久的时候，
不知从哪里来了个恶魔，
他就是喀拉朵巨人，
春天他不让农人耕种，
秋天他不让农人收获。
他计算着月份和日期，
每年都要将百姓抢掠一空。
如果有谁对他稍有不满，
就会遭到死亡的命运。

“虽然我们绞尽脑汁，
却想不出好的方法将他战胜。
被囚禁的美女们，
受尽了非人的摧残和凌辱，
她们愁苦的双眼望断流云！
那里还有我的女儿克勒吉凯，
天天将恶魔侍奉，
时刻盼望着有人前去营救，逃离火坑。

“勇敢善良的孩子，
请你告诉我，
如今谁是管理你们百姓的首领，
请明确地告诉我，
如今你父亲的详情。”

听了苏来玛特汗王的话，
赛依特有点忍耐不住：
“我是白毡帽柯尔克孜的子孙，
与敌搏斗决不会逃遁！
我是凯耐尼木的儿子，
是父亲凯耐尼木令我跨马出征。
我不要在这里待着，
光说空话一点也不管用。
我要尽快完成使命，
解决掉喀拉朵的事情！”

“如果是那样的话，
赛依特，你去喀拉朵那里，
与他一决雌雄！”

年轻的赛依特告别了苏来玛特汗王，
走出了苏来玛特的汗宫。
毫不畏惧的少年带领着杰提力拜，
向着喀拉朵所在的方向策马飞奔。

这个时刻的喀拉朵，
正在让侍女们按摩着手脚。
他疯狂地喝着烈酒，
已有几分醉意，口水流出嘴角。
他不让人离去，
还让一个姑娘端着酒，随时奉召。

他计算着日期，

"哦，青河谷。"
朦胧中他想起来了，
那是他不让人涉足的地盘，
今天是到那里巡视的时候了。

喀拉朵动身出发了。
看一看这头野兽的性情：
即使面对熊熊燃烧的火海，
即使面对密集射来的箭头，
即使遭遇龙一般的英雄，
即使遭遇雄狮般的劲敌，
这头野兽从不惊慌畏惧。

即使面对呐喊的千军万马，
即使面对铺天盖地的洪水，
这头野兽岿然不动。
即使用毒药代替饮料，
这头野兽也从容吞咽。

即使山摇地动，石头滚落，
乌云翻卷，电闪雷鸣，
世界的末日就要来临，
这头野兽也从不躲避逃遁。
即使日月燃烧，天昏地暗，
整个世界毁灭殆尽，
这头野兽也不会惊恐。

这头带着血腥味的野兽，
登上一座不高的山坡，
看见两个佩戴着闪光刀枪的人影，
在辽阔的沼泽地里奔驰。

"哪里来的两个不怕死的毛贼，
竟敢毫无顾忌在我面前飘然而过。
凯尔克提不允许有这样的事情发生。

我要把他们刺翻，
我要让他们丧命！

“你们等着瞧！”
他怒吼着，
牙齿咬得咯咯作响。
他用力舞动长矛，
眼睛里闪着凶光。

喀拉朵喊叫着飞马杀来，
闪着亮光的矛枪在阳光下晃动。
“喀拉朵来了，
我们该怎么办？”
杰提力拜面无血色，胆战心惊。

赛依特露出冷冷的笑意，
对疯狂扑来的喀拉朵不屑一顾。
他轻蔑地注视着前方，
对大喊大叫的喀拉朵嗤之以鼻。

勇士手中握着长矛，
策动铁勒库荣迎面冲出。
他呼喊着“玛纳斯”的口号，
就像一只雏鹰飞向猎物。

铁勒库荣仰头嘶叫，
两只耳朵向后收拢，
骏马双眼闪着火光，
风驰电掣地向前飞奔。
四只蹄子踩到的地方，
被踏出地灶般的大坑，
它身后扬起的尘土，
像一股飘动的烟云。

该让神灵惩罚的野兽喀拉朵，

张着大嘴瞪着双眼，
他抬头将来者张望，
少年英雄的气势让他毛骨悚然。

黑色斑纹的猛虎，
紧紧跟在少年的左右；
两只灰色小兔，
趴在他马镫的两边，精神抖擞。
巨蟒在他马前盘绕爬行，
苍龙在他头顶翻腾游动。

雄狮在他两边护卫，
雪豹在他身后随行。
雄鹰在头顶上盘旋，遮天蔽日，
猛兽在地上飞奔如山倒潮涌。

有两个人在马前牵缰，
更显示出超人的威猛。
少年英雄稳坐马背，威风凛凛，
他身后似有千军万马在涌动。

只见并辔而来的人，
稳坐在飞驰的马背。
他的银须迎风飘拂，
他的雄姿如同阿勒普神鸟[1]飞翔。
他的威猛令敌丧胆，
他就是巴卡依汗王。

并肩而来的是另一个人，
胯下的萨热阿拉骏马，
长着黄牛一般的臀部。
他有着山一样的身躯，
他身着蓝色的铁制战服。
他呐喊着催马飞驰，
他就是汗王色尔哈克。

[1] 阿勒普神鸟：即传说中的大鹏鸟、凤凰等神鸟。

看到他们威严的身影，
喀拉朵不禁打起哆嗦。

这个喀拉朵嗜血成性，
一旦见到较量的对手，
野性冲动，张着嗜血的大口。
有多少与他搏斗的勇士，
被他杀死吞噬了头颅。

他是个不折不扣的嗜血者，
很多无辜者惨遭杀戮。
他让百姓沦为他的奴隶，
他让众多孩子失去父亲，
他让无数妻子失去丈夫。

嗜血者喀拉朵，
气势汹汹地将赛依特拦住。
双方一言不发展开奋力拼杀，
握着长矛互相戳斗；
相互对准对方的心脏，
闪电般将矛枪使劲刺出。
你来我往你刺我躲，
不让对方击中自己的要害之处。

他们戴着生铁铸就的头盔，
手握熟铁造就的月牙战斧。
头上的铁盔打碎了，
手中的月牙战斧，
斧柄与斧头断裂两处。

他们又从鞘中抽出短刀，
扬起手臂向对方挥去，刀刃闪着亮光。
短刀的刀刃砍钝了，
谁也没有退让逃命，
谁也不想退出战场。

他们满怀仇恨，
怒视对方，
把牙咬得咯咯作响；
他们来回掉转马头，
互相撕扯着对方的衣领衣袖，
双目冒着愤怒的火光。

与其他英雄不同，
他俩的斗法显得格外特殊。
将对方的衣襟拽在手中，
压在马镫下使劲拉扯。
他们胯下的骏马拽拉不走，
挪动四蹄在原地打转僵持。

豁出性命的两位英雄，
在青河谷的平原上，
激烈战斗，不分胜负。

他们胯下的骐骥，
经不起他们长久的撕扯扭打，
马腿几乎要跪倒在地。

战刀都已断裂，只剩下刀柄，
两位英雄一刻也没有停止搏斗，
世上传说中的英雄，
也没有谁能像他们这样勇猛凶悍。

为了解救被吃人魔鬼残害的百姓，
从柯尔克孜来的这位英雄，
不管不顾自己的生命安危，
马蹄腾跃卷起团团烟尘。

一阵下来又一阵，
他们重新拿起了长矛，

拼命向对方戳击。
狡猾奸诈的恶棍喀拉朵，
手握蓝色铁矛寻找战机。
他猛然向赛依特的臀部刺去，
矛尖刺破了赛依特的肌肤。
当他抽出矛尖之时，
鲜血从伤口喷涌而出。

赛依特感到一阵疼痛，
鲜血浸透了战袍，顺着衣襟流淌。
豹子般的少年英雄，
更加愤怒毫不退让。

愈是受伤愈加英勇——
这个传统源自玛纳斯家族。
使出浑身力量的赛依特，
现在，他真正冒火了，
像龙一样翻腾咆哮，
像雄狮一样发出怒吼。
他高声喊着“玛纳斯”的口号，
眼里冒着愤怒的烈火。

怒吼声震裂了岩石，
石头震碎成了粉末。
飞鸟野兽不敢露头，
太阳躲进了云雾。

年轻的雄狮赛依特，
掉转过铁勒库荣的辔头，
他紧握带钩的长矛，
奋力冲向喀拉朵这头野兽。

矛尖刺进喀拉朵的腰部，
身上的盔甲被打得粉碎，
碎片四散飘舞。

这头野兽皮肉太厚，
带缨的矛尖未能刺入皮肉深处。

这头气势汹汹的野兽，
脚从马镫上滑出，
马鞍上的身子斜向一边，
好不容易抓住了马鞍后鞧的皮带，
歪斜的身子才未从马背上甩脱。

他要是滚下马背，
这一回可就从世间消失。
这头椎骨受伤的野兽，
在马背上重新稳住身体。
他揣测难以取胜，
在马上高叫暂且住手停息。

“独自而来的孩子，
我从来没遇见过像你这样的勇士！
从前有多少自以为是的对手，
只要听到我喀拉朵的名字，
早就吓得把裤裆尿湿。

“自从有了喀拉朵的名号，
我还没见过像你这样难缠的强敌。
智勇双全的孩子，
请你告诉我，
你是哪位先人的后裔？

“如果你不愿开口，
那我先说说自己的底细，
然后请求停战休息。

“我出生在日落的地方，
那些古老的部族，
都让我以武力征服。

我的父亲叫克孜勒阿勒普，
我就是他不安分的儿子。

“克孜勒阿勒普的战刀上永远滴着血，
他被一个叫凯耐尼木的人杀死。
自从我成了勇士以来，
还没有被对手打败过，
方圆千里谁不知道我天下无敌！

“我没有吃饭就来到战场，
事前没有得知与你决战的消息。
请给我七天的期限，
我们的角逐暂时停止。

“在这七天里吃饱喝足，
然后赶回这里重见高低。
在这七天，
把马调养好，
然后我们继续较量，拼杀到底。

“年轻的孩子，
七天后我们再操干戈，
那时胜负才能让彼此服气！”
他急切地请求着，
两眼直愣愣地望着少年勇士。

赛依特略显踌躇，
像苍鹭一般收拢了双翅。
红润的脸上闪着光芒，
平静的话语里露着自信和坚毅。

“我看你已料到了自己的死期，
我定让你去陪伴你的父亲，
让你的灵魂和他在一起！
你问我的祖先是谁，

我可以坦率地告诉你，
当你知道了我的底细，
你会绝望地丧失作战的勇气。

“我的祖先是雄狮玛纳斯，
塔拉斯是我的出生地。
我的父亲叫凯耐尼木，
他的名字让恶魔战栗。
喀拉朵，我等你七天，
那时我要送你下七层地狱！”

这时，杰提力拜已经赶来，
协助赛依特从战场退出。
他们来到河边卸下马鞍，
将骏马的头高高吊起，
让骏马得以休养恢复体力。
他们又搭灶台做饭充饥，
就地住下平静地休息。

受伤的喀拉朵，
眼前昏暗模糊，
早已累得有气无力。
一想到死亡，
自言自语，嘀咕不休。
他骑着骡子，
踉踉跄跄到了自家门口。

老妖婆看见他狼狈的样子，
慌忙呼唤着她的儿子。
大家把他搀扶着下马，
联手把他抬进屋子。

他们对症下药，
在伤口处敷了药。
红色的药粉，

他喝了；
晒干的黄药，
他喝了；
煮熟的黑药，
他喝了。

剩下药性十足的药，
他都仰头喝干了，
大喘了一口粗气。
身上的伤还在隐隐作痛，
好像无数只虫子把筋肉吞噬。

喝了的药在腹内消化，
这头野兽终于醒了。
他抬起头，睁开眼睛，
猛咳一声，
高声叫道：“老婆，
有什么吃的，快拿出来，
伺候我喝酒的美女快把酒倒上。
准备的饭要丰盛，
要不我很难吃饱！

“两头牛，七只旱獭，九只羊，
连同一峰骆驼一起宰掉！
再做一百个馕，
搬来十二桶酒，
全部食物，
我要独自一个人，把肚子填饱。
所有的人手脚麻利点，
快一点给我准备好！”

他话音未落，
吩咐的食物都已做好。
这个魔鬼，一眨眼的工夫，
就吃光了端上来的所有佳肴。

“酒在哪里？！”
他大声叫嚷着还要酒，
被抓来的侍女们，
双手端来一碗碗美酒，
他像喝水一样一口气喝干，
一会儿就喝完了十二桶美酒。

他叫侍女给他垫上枕头，
舒展地躺下了，
他还不消停，厉声叫嚷：
“克勒吉凯，
按摩我的胳膊；
巧勒潘娜依，
按摩我的腿脚；
阿勒特娜依，
按摩我的腰部。
在我没有睡醒之前，
不要放下手中的活计，
不要偷懒睡觉！

“要是在以前，
你们有一点罪过，
也许我会饶恕，
但在今天，姑娘们听着，
在我没有睡醒之前，
你们中有谁偷懒睡着了，
不要怪我不客气！
谁也别想活着，
谁也别想逃脱！”

他睡了六天六夜，
睡得天昏地暗。
到了约定的第七天，
他摇晃着山一样的躯体，
骑着灰骡子，

长矛握在手中，
走向青河谷的平原。

他把两边的衣襟，
卷起别在腰间。
九层的头盔，
戴在头上，像一座小山。
一言不发的恶魔，
眉头紧皱，脸色阴森。

喀拉朵心事重重，
准备决一死战。

到了约定的第五天，
少年雄狮赛依特，
轻轻地走到铁勒库荣跟前，
他拍拍马的肚子说：
“你歇足了，我的伙伴！”
然后放开了缰绳。
让它自由地跑向茂密的草滩，
自在畅快地吃草溜达，
低头畅饮清清的河水，
那样子非常悠闲。

“魔鬼什么时候到来？”
少年雄狮时刻准备应战，
此时他等得有点不耐烦。
好不容易到了第七天，
他指派杰提力拜，
把骏马从草地上牵回。
对心爱的铁勒库荣，
他要精心地打扮。

马鞍的前鞒裹着纯金，
马鞍的后鞒裹着纯银，

马鞍两侧用白钢裹紧，
马镫完全用白银铸成。

后鞒全是纯银镶嵌，
鞍头雕刻十分精致，
活像奔跑中的黄羊头形。
马鞍的宽窄尺寸讲究，
非常适合铁勒库荣的腰身。

马肚带上绣着精巧的花饰，
马镫吊着华丽的坠子，
坠子用五指宽的海狸皮镶边。
笼头上镶着纯金，
缰绳用五个银制的小环相连，
熠熠生辉，亮光闪闪。

鞍垫用黑色平绒缝制，
用白色布料锁边。
用珍贵的玛纳特锦缎做成的褥垫，
绑在马鞍的上面。
铁勒库荣的装扮十分漂亮，
举世无双，光亮非凡。

勇士的披风，
是昂贵的比达那[1]制成，
披在少年英雄的肩上，
潇潇洒洒，十分威风。

[1] 比达那：一种珍贵的布料。

杰提力拜牵着骏马，
来到赛依特的面前。
赛依特和杰提力拜不慌不忙，
吃着烤肉喝着茶，
一碗接着一碗。

英姿勃勃的英雄赛依特，

估计着喀拉朵该来的时间，
他俩携带着迎敌的武器，
准时来到青河谷平原。

这个该死的喀拉朵，
当他见到赛依特时，
愤怒的恶气在胸中涌动。
他慌乱地整理着身穿的铠甲，
把全身的扣子都扣紧。
他像头野兽似的咆哮着，
鞭打着灰色骡驹，
向赛依特发起了进攻。

青鬃狼的后裔赛依特，
面对巨人毫不犹疑。
他斗志昂扬心绪平静，
他向骏马的肚子轻轻一磕，
握着闪光的色尔矛枪，
从容不迫地迎向恶敌。

两位巨人展开激烈的交锋，
面对这场精彩的厮杀，
看得人头晕眼花。
野兽不敢出来吃食，
飞鸟统统逃进山中。

双方用矛枪猛烈拼刺，
用战刀左劈右砍，搅动团团飓风，
武器的撞击声震耳欲聋。

住在附近的阔克布卡和阿布勒，
离这里有六天的路程，
听说了英雄大战喀拉朵的消息，
也赶来为英雄助阵。
看到两位巨人搏斗的情形，

也让他们触目惊心。

喀拉朵的妻子加迪考依，
这时也领着五个恶贯满盈的儿子，
心急火燎，慌里慌张，
向发出格斗声音的地方赶去。

“六天前你们父亲出门的时候，
曾对我这样说：
‘这次我如果回不来，
五个孩子你要好好养育。’
他离开的这些日子，
他说的话日夜回旋在我的耳窝。

“十几天前他回来的时候，
身上没有一处好肉。
长矛、战刀虽然没有刺在要命处，
但是鼻子流着血水，
嘴里咯着鲜血，
这样的情形，
以往还不曾有过。

“这六个日夜我睡不着，
心里有种不祥的预兆。
我估计外来的强敌，
正在和你们父亲搏斗。
日落方向的百姓，
大多是凡人，
能与他相持的人不多。
据说日出方向来的人，
身手不凡的人有很多。

“你们中年龄最大的已有二十岁，
最小的十五也不算年少。
都到青河谷去吧，

我们为你们的父亲祈祷，
在关键的时候帮他一把！”

加迪考依和五个孩子，
带领着从小豢养的狗崽，
迅速来到了搏杀的战场。

两位巨人纠缠在一起，
激烈搏斗难解难分。
头顶上的斧头，
恰克—恰克[1]，
胸前的长矛，
塔克—塔克[2]，
英雄的怒吼声，
巴克—巴克[3]。
所有的武器都用遍了，
所有的武器都断裂了，
废弃的武器到处都是，
横七竖八地散落一地。

武器相撞时，
山谷发出沉闷的回声。
野鹅野鸭扑打着翅膀，
飞向别处逃命。
林中的飞禽不敢停留，
丘陵的动物不敢出来活动。

大地被震得摇摇晃晃，
山谷回荡着英雄的喊杀声。

卷起的风沙向空中升腾，
天昏地暗，烟尘滚滚。
搏杀的场面令人惊心动魄，
好像世界的末日就要降临。

[1][2][3] 均为象声词。

只见铁勒库荣和灰骡子，
在战场上来回驰骋，
如同蛟龙起舞，
卷起阵阵烟尘。
赛依特愈战愈勇，
观战的杰提力拜、阔克布卡和阿布勒，
看得眼花缭乱，心情振奋。
加迪考依和五个孩子，
看到喀拉朵渐渐不支，
脸上堆满了不安的阴云。

所有的刀剑都拼断了，
握在手的长矛撞断成了几截。
此时的喀拉朵渐渐招架不住了，
声嘶力竭地要求一招一式地对决。

英雄赛依特并不畏惧，
对对手的挑战从容不迫，微微颔首，
说了声：“你先来！”
掉转了铁勒库荣的马头。

盛怒的喀拉朵心急如焚，
他吐一口唾沫在手心，
将一把巨大的铁锤紧握在手。

看到那头野兽的威势，
杰提力拜、阔克布卡和阿布勒，
不禁万分担忧：
“万一赛依特离开了我们，
我们的血也会跟着涌流，
那将是一个什么样的结局，
愿至高无上的天神保佑！”

黑心肠的野兽喀拉朵，
胯下的灰色骡驹跑得飞快。

他脚踩镫子立起身躯，
把一把小山似的铁锤举过头顶，
狠狠砸向赛依特的头部。

当沉重的铁锤落下的时候，
赛依特举起盾牌阻挡。
大地被震动了，
山峰颤抖着身躯。
盾牌和铁锤撞击，
空中火星闪烁，落满大地。
六层的盾牌，
被击成了粉末。
承受着千钧之力的铁勒库荣，
膝盖以下陷进了地里！

地面上腾起一团火焰，
尘雾向四周弥漫。
少年英雄赛依特，
差一点从这个世界消失，
最终承受住了沉重的打击。

“即使有一万条生命，
这回也应该结束了！”
喀拉朵得意扬扬地说着，
瞪着奸诈又发红的双目。

尘雾渐渐散去，
只见少年英雄赛依特，
在马背上昂然而坐，
恰似一根擎天的石柱！

年轻的雄狮，
像山峰一般坚定，
像树上的枝条一样柔韧！
柯尔克孜的英雄赛依特，

是世界上立地擎天的英雄！

“这回轮到我了！”
他把巨斧提在手中，
浑身蓄满了力量，
镇定地蔑视着鹰鼻鹞眼的巨人。

胯下的铁勒库荣，
咬住铁嚼，四蹄生风。
赛依特高喊着“玛纳斯”的名字，
向喀拉朵发出致命的一击，
手中的斧头毫不留情。

黑色的血液飞溅出来，
犹如天上下的雨水，
骚扰百姓的恶魔，
还未来得及吼叫一声，
就被送进了地狱。

制造仇恨的喀拉朵，
连人带马被送进了黑土地。
少年英雄赛依特，
兑现了自己的诺言，
将喀拉朵这个吸血鬼，
送到了另一个世界里。

死神般的巨人，
连一块完整的骨头也没留下，
身躯不知去了何方。
巨人身体的碎片也没有剩多少，
他罪恶的身影已从世上彻底消失。

加迪考依和她的五个儿子，
一时顾不得自己的性命。
他们急红双眼挺枪拉弓，

一拥而上将赛依特围攻。

面对眼前的情景，
杰提力拜、阔克布卡和阿布勒，
怎能袖手旁观。
他们带上致命的武器弹药，
呐喊着冲向战场，
勇敢地向敌人开战。

双方展开了激烈的枪战，
枪声和呐喊声响彻天空。
枪弹纷飞，硝烟弥漫，
三个少年越战越勇，
赛依特在一旁从容观战。

阔克布卡和杰提力拜奋不顾身，
策马发起阵阵冲锋。
他们勇敢地冲入敌阵，
如同迅猛的疾风，
向加迪考依的儿子们扑去。

看到这些的加迪考依，
口中念着咒语，
将她的千万种魔法，
全部都使了出来。

杰提力拜、阔克布卡和阿布勒，
顿时陷入枪林弹雨之中。
喀拉朵的大儿子，
乘机向他们发起进攻，
打算把他们活捉生擒。

赛依特看到这些，
心中无比愤慨，
他握紧长矛怒视着，

策动战马重上战场。

他胯下的铁勒库荣，
除了马蹄以外，
用山羊皮革裹着身体，
接口全用银制扣子。
长矛戳不进，战刀砍不断，
熊熊烈火扑来也不会将它烧着。

“我的三位勇士如果被捆住，
我勇士的称号将受到质疑！”
他将色尔长矛轻轻一挥，
巨人的四个儿子顿时送命，
黑色的鲜血洒落在地。

少年英雄赛依特，
紧盯着施法的加迪考依妖婆。
加迪考依力气耗尽，咒语失灵，
和小儿子一起被赛依特生擒。

此时，阿布勒赶来，
捆住了加迪考依与她小儿子的手。
三位英雄翻身上马，
押着俘虏和战利品踏上凯旋的路途。

我们把这些先放一放，
赛依特怎样迎娶克勒吉凯，
我们从这个故事开始诵唱。

赛依特迎娶美女

克勒吉凯

克勒吉凯等美女获救

智者中还有智者，
美女中更有佳人。
美女中的美女克勒吉凯，
正向女伴们吐露着心声。

“喀拉朵从外面回来，
休息了六天，
又骑马出征，
这次回来与往常不同，
不知发生了什么事情？

“他让我按摩他的手，
他让巧勒潘娜依按摩他的脚，
他让阿勒特娜依摩挲他的伤口，
六个昼夜不准睡觉，
真是受罪啊，
姑娘们，这让人怎么活！

“他生活得一向逍遥自在，
世间没有一个英雄能把他刺翻。
曾经有多少勇士奋起反抗，
也未能将他战胜，
最终惨死在他的面前。

“这些日子以来，
喀拉朵一直心神不宁。
这次他满身伤痕回来，
难道歼灭他的英雄已经出现？

“莫非他又要去另一个地方抢劫，
残杀那里的百姓。
他是否会抢夺那里的姑娘，
让她们成为我们的同伴？
百姓的日子，怎么这么难过！

“不过这次他回来，
遍体流血，走路踉踉跄跄，
垂头丧气，心里窝着火。
这样的情景以往很少有过，
这样的事情令人疑惑。

“还有一件事情也很有趣，
姑娘们请认真听我说：
他的五个儿子和老妖婆，
从来没有一起从家门走出过。
这些天以来的日日夜夜，
我一直观察他家的动静，
没见灶房里冒出一缕烟火。

“加迪考依和她的五个儿子，
好像也赶往了青河谷。
我多么盼望着有人来，
把我们从这里救出。

“就在两天以前，
大地微微抖动，
雷鸣般的喊杀声此起彼伏。
在凯尔克提、古都斯、巴格达特，
没有人能与他匹敌。

“亲爱的姑娘们，
你们常说阔克布卡和杰提力拜，
是力大无比的大力士。
莫非他们为了你们，

勇敢地与喀拉朵战斗？
莫非他们为了雪耻，
纠集家乡的人马，
前来向那头野兽发动攻击？

“谁也不知道发生了什么事情，
我们都可以说出自己的猜测。

“雄狮玛纳斯名扬世界，
我早就听说过！
莫非是他的后裔千里迢迢而来，
为了解救受苦难的百姓，
前来将喀拉朵征讨？

“听说喀拉朵的父亲，
就是被凯耐尼木消灭的。
我猜想是否凯耐尼木又来到这里，
讨伐喀拉朵这头野兽。

“如果有谁能征服喀拉朵，
无论他年老还是年轻，
我都愿意以身相许！

“性情残暴的喀拉朵，
若不是遇上比他强悍的对手，
他怎么会不安地离开住处？
我心中反复琢磨着这些，
激动不已，暗暗欢喜。

“我们会获得爱情和自由吗？
光明的世界会来临吗？
如果真有那么一刻，
我们要一齐尽情欢乐！

“我多么盼望战胜恶魔的英雄，

与我相亲相爱朝夕相伴。
哦，阿勒特娜依，
你也一样，
好汉杰提力拜一直在你心间。
巧勒潘娜依姑娘，
你也在把好汉阔克布卡企盼。

“我们都苦苦地盼望着，
与他们欢聚的那一天。
只要上天开眼将我们保佑，
我克勒吉凯的愿望就一定会实现。
我的知心朋友们，
我要告诉你们，
我在心中如此思念。

“我多么希望那杀死喀拉朵的英雄，
前来与我会面！
加迪考依和她的五个儿子，
要是落在我的手里，
我要撕扯他们的头发，
喝他们的血，
扒他们的皮！”
克勒吉凯道出了自己的想法和心愿。

听克勒吉凯这么一说，
像获救了似的，
两位姑娘满心欢喜。
克勒吉凯说出心爱人的名字，
她俩像杜鹃一样欢欣雀跃。

“克勒吉凯姐姐，
如果真的有那么一天，
遗憾从心里洗去，
我们称心如意。
阳光普照万物，

大地变得更加美丽。

“如果到那时我们违背了自己的诺言，
上天就会惩罚我们！
只要餐布上有饭吃，
只要我们还有生计，
亲爱的姐姐，
我们对您感激不尽！”

一起谈笑的美女，
沉浸在向往中发出少见的欢声笑语。
她们没有想到，
喀拉朵和他的四个儿子，
已被英雄赛依特消灭。

她们没有想到，
加迪考依妖婆和她的小儿子，
已被英雄们生擒活捉；
她们没有想到，
那母子俩已被押来，
双手被牢牢捆住；
她们没有想到，
是好汉阔克布卡和杰提力拜，
押着加迪考依和她的小儿子，
踏上胜利的归途。

她们没有想到，
加迪考依和她的小儿子，
像狗一样遭受痛打，
嘴和鼻子都流出了血。
昔日施给百姓的暴行，
最终落在自己的头顶。

姑娘们一见到被押来的仇人，
顾不上对英雄去表示感谢，

她们愤怒地扑了上去，
揪着加迪考依的头发，
又撕又扯，
又打又踢。

把老妖婆处死后，
人们又扑向喀拉朵最小的儿子。
就在此时，赛依特微笑着走上前来，
向阔克布卡和杰提力拜发话：
“喀拉朵的小儿子，
还是个没长大的孩子，
你们去劝她们住手，
留下他的一条小命！”

赛依特的命令岂能违抗?
违抗了的话，
上苍就会惩罚的。
杰提力拜和阔克布卡，
本来心里就很着急，
接到赛依特的命令，
急忙向姑娘们跑去。
阿勒特娜依和巧勒潘娜依，
仇恨地撕扯着那个小巨人的衣服，
没有顾及跑来的两位勇士。

克勒吉凯提醒姑娘说：
“阿勒特娜依和巧勒潘娜依，
两位勇士已奉命前来。
请你们饶他一条命，
不要将战俘整死。
让我们一起去拜谢，
那位杀死恶魔的勇士。”

阿勒特娜依和巧勒潘娜依，
收手回头一看，

只见好汉杰提力拜和阔克布卡，
微笑着站在那里，
不知道是梦里还是醒着？
阿勒特娜依和巧勒潘娜依先是一愣，
随后激动地扑向勇士的怀里。

两位好汉在赛依特面前有点拘束，
不敢对姑娘过多地表露爱意，
两位姑娘则忍不住泪流不已。
克勒吉凯也偷偷抹着眼泪，
面对眼前的情景悲喜交集。

姑娘克勒吉凯带头，
朝赛依特的方向走去，
按照柯尔克孜的习俗在远处鞠躬，
向年轻的雄狮表达深深的敬意。

华贵的大厅里，
铺上豪华的地毯，
姑娘们目不斜视，
向壮士鞠躬。
她们兴奋地忙碌着，
妙龄姑娘的脚步像小鸟一样轻盈。

洗手洗脸用的铜壶，
她们精心选定，
铜壶拿在手上细心地浇着水，
又向勇士递上干净的手巾。

亭亭玉立的姑娘们心情十分激动，
沉浸在幸福和喜悦之中。
阔克布卡和杰提力拜目不转睛，
注视着阿勒特娜依和巧勒潘娜依的身影。

阿布勒舒坦地躺着，

感慨很多。
父亲被喀拉朵杀害，
他内心燃烧着仇恨的烈火。
被囚禁的他，
今天终于获得了解放，
赛依特来了，
他赶上了好时候。

克勒吉凯不慌不忙，
指派着姑娘们忙碌着。
她眨动着长长的睫毛，
娟秀的美女落落大方。
在喀拉朵的压迫下，
曾经对命运不抱希望。
承受着苦难的姑娘，
眼睛看见了明媚的阳光。

大家兴高采烈地忙碌着，
脸上洋溢着幸福与欢笑。
她们按照柯尔克孜的习俗，
双膝跪地铺展餐布，
给勇士端上热茶和食物。
蜂蜜与黄油一起端上来，
炒肉和砂糖也都端上来，
把所有的食品都端上来，
让勇士们用馕蘸着酥油吃。
遵照柯尔克孜的风俗礼节，
屠宰了没有断奶的马驹，
把煮熟的马脖肉，
摆在了勇士们的面前。

把醇香的马奶酒献给勇士，
姑娘们手脚利索地忙碌着。
有的故意轻声咳嗽着，
有的眼目斜视偷偷窥探着，

姑娘们对英雄们的爱恋充满了心窝。

把新鲜的马奶酒端起来，
给口干舌燥的勇士们解渴。
勇士喝足了，
凯旋的英雄解了渴。
姑娘们闪动着像小茶碗一样大的眼睛，
心中有话却说不出来。
满怀敬意再把酒斟满，
恭敬地用双手递过去，
请勇士们尽情地畅饮。

举止大方的克勒吉凯姑娘，
偷眼斜视着赛依特，
嘴角露出娇羞的笑容。
见到这位英俊洒脱的少年，
姑娘不由得脸颊绯红：
“与他结合，我将幸福无比。”
她在心里念叨着，
庆幸自己碰到了好运。

“崭露头角无坚不摧的英雄，
原来是这位英俊少年！
把被囚禁者从恶人手中解救出来的，
原来是这位少年英雄！
大腿的肌肉还没有成熟，
稚嫩的羽毛还没有蜕净。
眉目间蕴含着一股英气，
气宇轩昂，不同凡响。
能与他匹配的女性，
该是多么的幸福！

“世上哪有不嫁人的女人，
不嫁人部族怎能兴盛？
世上众多的男士之中，

这样的青鬃狼哪里找寻?
不嫁这样的少年英雄,
是有情人的莫大不幸。

“如果我将真情吐露,
少年英雄会不会把我看轻?”
深藏不露的克勒吉凯,
向赛依特娓娓道来,
话语像一阵清风吹过树林。

“哦,可爱的年轻的雄狮,
你是从何而来的贵人?
你的品质像纯洁的黄金,
我想把你的祖先问清。

“你的性格像真正的猛虎,
你是在哪里生长的少年英雄?
你那可爱的笑容,
在我心里投进了炙热的火种。
你肯定出生在勇敢善良的白毡帽中,
你的品性是那样可爱可敬。

“姑娘们穿衣选择海狸皮,
皮毛昂贵,光彩照人;
男士们眼望天空,
想摘取天上明亮的启明星。
你的眼睛如星光闪烁,
你的脸庞像海狸明亮洁净,
使得姑娘的春心涌动。

“你把火苗放进了我的心里,
让我的心头失去了宁静!
勇敢的小伙子,你为百姓解除痛苦,
你来这里,不是专为女人。
喀拉朵压迫残害百姓,

你寻机结束了他的性命。
你消灭了加迪考依和他们的儿子，
解救了受苦受难的凯尔克提百姓。

“阔克布卡和杰提力拜，
为了心爱的姑娘历尽艰辛。
阿勒特娜依和巧勒潘娜依，
盼望着幸福的降临。
你让他们两对恋人重逢，
相亲相爱，无比欢欣。

“我像寒夜里的一只杜鹃，
也渴望着温暖和黎明！
如果你把我嫌弃，
就会使我年轻的生命枯竭！
我多么渴望知道，
你祖先的大名和根基。

“我是汗王的女儿，
我对你一见钟情。
请不要抛弃我，让我遭受折磨，
请不要让我失去脸上的红润。

“我的父亲是苏来玛特，
我是他的独生女。
喀拉朵把我抢来，
从没让他见过我的热情。
他的身躯像山一样笨重，
哪里还有爱美的心情。

“让抢来的姑娘端酒伺候，
是他父辈留下的习性。
他强抢众多美女，
接过姑娘手中的酒盅，
他就会感到舒坦高兴。

“我们三个被囚禁的美女，
三年来在喀拉朵手里，
一心想死，没有了笑容。
让我们从野兽的手里解脱出来，
我有幸看到了你这样的年轻英雄！

“我尊敬的英雄，
我愿意作为祭品为您牺牲，
献出我金子般美好的生命。
在走向天堂的漫漫路上，
与你如影随形永不离分！
与其中途和你分离，
还不如死在恶魔的铁笼！

“我充满敬意地想问你，
你的故乡在哪里？
祖先是何人？
你还有哪些亲人？”

雄狮看着姑娘火辣辣的眼睛，
年轻的心起伏跃动。
他满怀真挚地向姑娘敞开了心扉，
话语热忱又不失冷静。

“啊！
美丽的克勒吉凯，
既然你问起，
我真心地告诉你，
我来自圣地塔拉斯，
玛纳斯是我高贵的祖先，世人皆知。

“白毡帽的柯尔克孜阿拉什，
在塔拉斯繁衍生息。
在坎阔勒的色尔王城里，

金铸的宝座，
承载着祖辈英雄的历史。

“长着秃鹫尾巴的克孜勒阿勒普，
被英雄凯耐尼木消灭，
这件事早就传遍天下。
我就是凯耐尼木的儿子，
本人的名字叫赛依特。

“我们还待在这里干什么，
我们要去你父王那里。
喀拉朵被歼的事情你来说，
让你父王消除心中的恐慌，
让血海深仇的百姓，
扬眉吐气，欢天喜地。

“你的话语情真意切，
全都说到了我的心里。
待办好所有的事情，
不要分开了，让我们在一起。

“如果你父王使用汗王的权力表示反对，
阻止我们在一起，
我们要注意观察他的动静，
若那样，就让他的珠宝洒落在地！
愿你接受我的求婚，
克勒吉凯，
如果你说的这些话是真心的，
待安宁后，我们就同回塔拉斯去。

“阔克布卡和杰提力拜，
不要躺下，快起来，
把仓库门锁上，
把缴获的四匹骏马牵过来，
再带上喀拉朵最小的儿子。

“汗王的公主克勒吉凯，
阿勒特娜依和巧勒潘娜依，
一人骑上一匹快马，
我们速去凯尔克提。

“杰提力拜，
你先到苏来玛特汗王的汗宫，
让所有的黎民百姓都知道，
喀拉朵已被歼灭了，
在美丽的青河谷这个地方，
黎民百姓从此安居乐业。”

杰提力拜马不停蹄，
来到凯尔克提城里，
他向城里的黎民百姓宣布：
“汗王苏来玛特的女儿回来了，
雄狮凯耐尼木的儿子赛依特，
把巨人喀拉朵歼灭了，
把囚禁的亲人们全部解救出来了！”

听到消息的百姓欢呼雀跃，
纷纷前来将赛依特欢迎。
“祝你幸福，英勇的雄狮！”
除了苏来玛特一个人外，
很多人都高兴得哭了，万分欢喜。

他们怎么能不动情，
这是震惊四方的喜讯。
有贫穷的人，
有富有的人，
有失去丈夫的妇人们，
有成了孤儿的年幼的孩子们，
有许多被抢劫的富人，
有失去儿女的老人。

所有受过欺压的人，
今天都特别兴奋。
年轻人聚集在赛依特周围，
少女们都含情脉脉地注视着，
不愿意离开英雄的身旁。
年长者站立在远处，
热泪湿润了眼睛。

骑着铁勒库荣神采飞扬，
赛依特在年长者面前伸出双手，
问候着四面八方的黎民。
当了解了百姓往日的苦难时，
像高山似的坚强汉子，
泪水也不由得涌出了眼眶。

黎民百姓在哭泣，
大地在哭泣，
路边的树木在哭泣；
风在哭，
云在哭，
永不消失的白昼在哭，
永不死亡的黑夜在哭；
父亲被喀拉朵吞咽了的孩子在哭，
失去丈夫的妇人也撕扯着头发在哭。

微波荡漾的蓝色海洋在哭，
阳光闪耀的天空在哭；
荒无人烟的荒野在哭，
生长在草原的牧草在哭；
兴奋的夜莺们在嘤嘤啜泣，
圈里牛羊的欢叫声也此起彼伏。
所有的生命充满喜悦地在哭，
所有的黎民百姓都高兴地在哭。

除了苏来玛特，
没有一个人在家里待着。
内心燃烧着火焰，
激动的黎民百姓按捺不住。
“愿你健康幸福！”
百姓都在为赛依特祈福。

过上了新的生活，
黎民百姓无比兴奋。
他们把赛依特拥过来，
在汗宫前的人群中将他扶下马，
汗宫前响彻欢呼的声音。

很多人忘我地忙碌着，
忙前忙后奔跑着。
一边款待着英雄，
一边倾诉心里话，
兴奋的黎民百姓沉浸在欢乐的海洋中。

心里有了鬼主意，
苏来玛特在叹息。
女儿看到父亲的神色，
就去与母亲商量，
她把王公大臣们召集在一起。
高贵的公主克勒吉凯，
想让他们都知道自己的心思。

“我要说的很多很多，
请各位尊敬的前辈定夺。
喀拉朵欺压残害百姓，
你们谁也不敢与他争斗；
喀拉朵作恶多端，
使部落备受屈辱；
喀拉朵嗜血成性，
多少无辜的生命丧失在他的手中。

"他从各地抢夺了很多财宝和美女，
统统霸占为自己所有。
他从古都斯和巴格达特，
抢来阿勒特娜依和巧勒潘娜依，
逼着我们天天给他端酒。

"我们的期盼终于实现了，
英雄玛纳斯的后裔，
柯尔克孜人民的儿子，
勇敢地与巨人角逐，取得胜利。
歼灭了妖婆加迪考依和四个儿子，
把喀拉朵打入地狱，
让他万劫不复，难寻影子。

"长着秃鹫尾巴的克孜勒阿勒普，
他是喀拉朵吃人的父亲，
杀死喀拉朵父亲的是凯耐尼木，
消灭喀拉朵的是凯耐尼木的后代，
他的名字叫赛依特，
少年英雄，旷世难求！

"我对他一见钟情，
我的心非他莫属！
我要嫁给他，
与他百年携手。

"你们与我父亲商量，
如果妥当，
就把我嫁给他。
如果惹恼了他，
还有谁能将你们护佑？

"如果你们能让赛依特高兴，
你们可以沾他的福荫，

你们的土地可以得到保护。
你们要争取在这两天，
从汗王那里得到答复。
无论好话还是坏话，
你们要将真实的情况向我诉说。”

昂首挺肚的王公大臣，
听了公主的话频频点头。
他们一齐来到苏来玛特面前，
躬身向汗王陈述。

“我们英明的汗王，
我们全体来到您面前，
就是受您女儿的委托，
把她真切的愿望向您转达。
您的独生女克勒吉凯说：
‘在喀拉朵手里我被囚禁，
不仅是凯尔克提的黎民，
古都斯的百姓也一起被欺辱。
远方来的赛依特英雄，
歼灭了巨人喀拉朵，
让凯尔克提重见天日，
为百姓消除了灾祸。’

“您消息灵通的女儿又说：
‘这个少年英雄赛依特，
是凯耐尼木的儿子。’
总而言之，
我们的汗王，请您想一想，
您的女儿爱上了赛依特，
她的心非他莫属。
她委托我们来见您，
希望您给一个很好的答复。”

看到汗王苏来玛特满脸怒气，

众大臣知道他不会痛快地答应。
大臣们交换了一下眼色，
又重新开口禀奏：
“对于我们的到来，
请您千万不要动怒，
您要认真考虑事情的后果。
喀拉朵凶残的父亲，
是被凯耐尼木杀死。

“吃人的魔王喀拉朵，
给我们降下了无尽的灾祸，
又是英雄赛依特，
杀死恶魔将我们解救。
我们的汗王苏来玛特，
此事您将如何对待。
您的女儿正焦急地等着您的答复，
没有满意的答复，
我们不好离开！”

苏来玛特听了这些话，
他冷漠地看着众人，
显出苍白的脸色。
狡猾的苏来玛特，
绞着手指摇着头。
他思考着，掂量着，
在心里想着鬼主意。

过了很久很久，
他才抬起头来开口说话：
“你们都听着，
汗王的权力在我手里，
统治四方，养育百姓，
是我汗王的天职。
因为喀拉朵的暴烈，
众百姓四处逃生，

作为汗王我忍受着心中的痛苦，
千方百计寻找着解救苦难的时机。

“就在此时，赛依特来了，
正赶上我们最为艰难之时。
对于他这样的大恩大德，
如果我的女儿心中有他，
如果我的百姓也对他满意，
我怎么能不把女儿嫁给他呢?

“凯尔克提的百姓谁不知道，
在海岛之中有一座青坟墓，
青坟墓中有无尽的宝石，
夏达提用魔法把宝石封住。
还有飞鸟中的大鹏，
它现在还被囚禁在海岛上不得解脱。

“我早就有言在先，
谁要娶克勒吉凯，
他就得把那些珠宝取来，
他还得把那只大鹏鸟抓来，
我的条件就是这样的。
作为汗王的约定，
对谁都是一样的。

“如果赛依特答应我的条件，
如果他能取来我要的一切，
我会把女儿嫁给他的。
如果不答应这些条件，
我不会把女儿嫁给他。
你们去把这些告诉他，
作为汗王我会信守诺言。”

苏来玛特就是这样说的，
他心里有着自己的鬼主意:

"装满宝石的青坟墓，
在黑海中的岛上矗立，
珠宝在巨人和魔鬼的手里，
赛依特怎么能拿到，哪里会那么容易！

"如果坟墓里的宝石好拿的话，
谁不想把它拥到怀中？
古都斯的百姓，
有多少人想拿到宝石，
结果都丢掉了性命。
赛依特想要取来，
只能是一场美梦。"

去的人返回来了，
来到公主克勒吉凯那里。
"你父王的话是这样说的"，
把汗王的回答向克勒吉凯全盘托出。

智慧超群的克勒吉凯，
她感到有些为难，
陷入了深思：
"大鹏鸟，
我知道，
它被困在喀拉朵的网里。
只有玛纳斯的阿勒玛巴什枪，
才能打开青坟墓，
这神枪好像就在赛依特的手里。
如果把它带在身边，
就能把宝石取出。
我去把这些告诉赛依特，
让他做好准备！"

贪心的苏来玛特，
手里的牲畜，他嫌不够多。
他还说着一些离奇的话，

想着法儿为难赛依特。

诡计多端的苏来玛特，
心怀鬼胎来到赛依特住处。
汗的尊贵，汗王知道，
豹子英雄的后裔赛依特，
按照柯尔克孜的风俗，
把上座让给他坐。

贪心恶毒的苏来玛特，
心里想着馊主意，
他这样说：
“远道而来的雄狮啊，
你是阿依阔勒玛纳斯的后裔。
你遵照父辈的传统，
把喀拉朵歼灭了，
让受屈的百姓过上了好日子。

“我的独生女儿克勒吉凯，
你把她救出来了，
你使我感到特别高兴。
现在，我要对你说，
我的女儿克勒吉凯，
对你钟情爱慕，
我不会违背女儿的心愿，
想让她成为你的终身伴侣。

“青坟墓里面，
宝石装得满满的。
我多么想得到它，
但心有余而力不足。

“要到那里去取宝石，
必须从黑海蹚过去。
我还没有找到，

能完成此事的勇士。

“我想只有依靠大鹏鸟，
才能从海面飞过去。
救出大鹏鸟，取来宝石，
这是我多少年来的愿望，
这件事像火一样在我心中燃烧不息。

“我以前提出的条件，
喀拉朵总是率先满足，
但这件事他还是没有做到。
娶我姑娘的男人如果是你，
你要遵从我们的习俗。

“按照我们的习俗，
对参加婚宴的长者，
款待要用高贵的鱼肉。
按照我们的习俗，
通宵达旦地欢庆，
要举行长途赛马，
奖赏胜者尽情欢乐。

“在马上对刺的比赛，
必须是除你以外的勇士。
射击的神枪手，
射箭的神箭手，
你都要认真组织。

“抓紧裤管摔跤，
摔赢的得到奖赏。
被摔倒的什么都得不到，
输者不得为此沮丧。

“如果你把这一切都做好了，
我就把克勒吉凯嫁给你！

说出去的诺言我会遵守，
吐出去的口水无法收回。”

青鬃狼英雄赛依特，
明白了他的意思：
“尊敬的长者，
你所提出的全部条件，
我都可以答应，
我会让你心满意足。

“青坟墓中的宝石，
我一定去取来；
被困网中的大鹏鸟，
我决心去解救。

“男子比武的人选我已物色好，
是我的阔克布卡大力士。
骑马对刺，徒步摔跤，
不会被摔倒的勇士，
也是我的阔克布卡大力士。
整整搏斗四十天，
胳膊也不会累的人，
还是我的阔克布卡大力士。

“能说会道，办事牢靠，
其他事杰提力拜都能应付。

“驾舟行船，撒网捕鱼，
很早以前就是阿布勒父辈的职业，
我让他担此重任，
再合适不过。
鱼类中的珍品，
别人不知道的大鱼，
只有阿布勒会把它捕获。

"设宴的茶饭我已备好，
所有的佳品都在那里，
赛马的地方有快马，
都是风儿追不上的千里神骥。

"射元宝[1]，击倒小旗，
拉弓射箭，百发百中，
年轻的射手有我在，
我是凯耐尼木的独生子。

[1] 射元宝：一种游戏，射箭击中高悬的元宝即赢。

"阔克布卡和杰提力拜，
他们的婚宴婚礼，
这一回我们仨将一起办理。
让我们尽享人生的幸福，
我们会快乐无比！

"虽然你提的条件很苛刻，
但我不会为此而抱怨的。"

年轻的好男儿赛依特，
意气风发，泰然自若，
兴高采烈地与汗王道别。
他从马厩中把神驹牵出来，
满怀信心，准备远去。
跟随在他身后的，
有勇士阔克布卡、阿布勒和杰提力拜。

英雄赛依特解救大鹏神鸟飞出牢笼

年轻的赛依特把神驹牵来，
告别汗王准备上路。
阔克布卡、阿布勒和杰提力拜，
英姿勃勃紧跟其后，
恰似一群将要下山的猛虎。

听说英雄要离去，
美丽的克勒吉凯，
满怀柔情前来告别。
精致的貂皮帽斜戴在右额头，
披着昂贵的海狸大衣，
艾德莱斯长裙随风飘舞。

汗王的公主克勒吉凯，
名副其实的绝代佳人。
她十三岁的年龄含苞待放，
柔声细语发出悦耳的声音：
“亲爱的英雄，
我的雄狮，
你好像要去远方？
我的雄狮，
请你告诉我，
你要去办什么事情？
你悄无声息地走了，
我活着还有什么乐趣？

“我的雄狮，
请你告诉我，
你要翻越哪座高山，

你要前往什么地方?
我的雄狮,
请你告诉我,
不要让我神情忧伤。”

娇羞的克勒吉凯,
她的眉毛轻轻一挑,
含情脉脉地看着赛依特,
娇羞的脸上泛着红光。

年轻的赛依特看着克勒吉凯,
两颗心像宝石般晶莹闪烁:
“你问得有道理,
你认为我会走吗?
请不要为此烦恼难过。

“极为艰巨的事情摆在面前,
你父亲提的条件十分苛刻。
青坟墓中的宝石,
要我把它取出,
放入他的宝库;
鸟中之王大鹏,
要我给他抓回来,
归他独自所有。

“参加婚宴的贵宾要多,
要我用山珍海味款待来客,
要我举行快马比赛。
要我的大力士们进行马上对刺,
然后再进行摔跤比赛,
让神奇的射手举行射箭比武。
要我找到精湛的艺人表演,
婚礼要办得红红火火。

“为了能娶你为妻,

克勒吉凯，我必须前往不能耽误。
路途不是很近，
而是很远很远。
为了你，我的克勒吉凯，
哪怕再远我也要前去。
我想把这些都完成后，
再回来见你，
相会的日子不会太久。”

聪慧的克勒吉凯，
对赛依特反复叮咛，
语重心长：
“哦，我的雄狮，
派人把喀拉朵的肉削下来，
让他的儿子背上。

“在喀拉朵的客厅，
在面朝日落的方向，
在魔宫的上方，
飞鸟大鹏在网中盼着解放。

“如果吃不饱巨人的肉，
它就不能挣脱铁网。
如果它能得到解脱，
它就会陪伴你，
与你一起飞翔。
在所有的飞鸟中它最为尊贵，
它能与人对话，通晓人性，
知晓人间的邪恶善良。

“青坟墓在很远很远的地方，
周围是蓝蓝的海水，
它就在水的中央。
其实那是施了魔法的水，
墓不在水中，

就在靠我们这边的岸上。

“据民间口耳相传，
汗王夏达提是欺压百姓的混蛋，
他不愿让宝石留在故乡，
他让居仁朵用魔法建造青坟墓，
将宝石集中藏在墓中。
坚固地密封好，
让它永远不能流入人间。

“海水翻卷着汹涌的波浪，
涛声阵阵，哗哗作响。
那是连狗也下不去的水，
只能用魔法将它解除，
令它降服。

“如果你手中有解除魔法的武器，
其实这件事并不难办。
如果这种武器不在你身边，
请你不要冲动蛮干。

“阿勒玛巴什神枪，
是瘸腿匠人波略克拜，
专为玛纳斯打造。
只有这支神枪，
才能破除魔头的各种花样。
这支阿勒玛巴什神枪，
在玛纳斯的后代中代代相传。
现在应该已传到了你的手中，
你是否将它带在身旁？

“你将阿勒玛巴什神枪带到海边，
你必须做到枪不离身。
你到了海边后，
将枪口对准大海鸣放。

阿勒玛巴什神枪一响，
海水自然就会干涸，
变回原先的模样。

“如果大海干涸，变成了陆地，
卷地而起的大风就会呼啸而来，凶狂无比，
看不清道路你会迷失方向。
你将玛纳斯使用过的色尔长矛，
迎着风紧紧地握在手上，
这样风就会停了，
也不再逞凶发狂。
英雄使用过的神矛，
现在是否在你的手上？

“当风停时，烈火又会出现，
大火燎原，遮天蔽日，
世间难见这样的景象。
只有穿上居仁朵的贴身内衫，
才能平安地踏火而过。

“我的雄狮啊，
居仁朵很早前就被你父王歼灭，
如果你父王凯耐尼木，
缴获了他的贴身内衫，
你是否把它穿在身上？

“我的雄狮啊，
如果你闯过了大火，
那些毒蛇猛兽会一起出现。
它们张牙舞爪，
挡住你的去路。
但若听到玛纳斯的名字，
它们就会自动躲到一边。

“如果你闯过了所有的难关，

青坟墓就赫然出现在你的前方。
这时候你要大胆而心细，
千万不要因鲁莽而前功尽弃，
遇事一定要冷静思量。

“青坟墓被锁着，
从下往上去抓，
铁锁怎么也够不上，
从上往下去抓，
锁子会往下降。

“要打开这把神奇的魔锁，
需巨人的儿子上场。
喀拉朵的儿子，
要记着把他带上。

“当你从坟墓中取出宝石时，
你遇到的难题还会存在。

“当你从坟墓中取出宝石，
两水之间的陆地会统统敞开胸膛。
当你把宝石装进口袋时，
宝石不见了，
只剩下石头，
作怪的其实是看不见摸不着的魔法。
大鹏鸟这个时候对你会有帮助，
它会落在你手上，
你要把它带在身旁。

“如果照我说的你全部做到了，
我们所有人的愿望都会实现。
不要忘记，我的青鬃狼，
我对你讲的这些事情，
你要时刻放在心上。

"我的父亲苏来玛特，
他是个心眼儿颇多的人，
又是个无情无义的汗王。
他一会儿笑容满面，
转眼间又冷若冰霜。
他口中说着好话，
心中却想着毒计，你要提防。

"他是一个自视至高无上的人，
他把所有的人都看得很低。
不要与他敞开心扉交谈，
他会利用你的真诚施展阴谋诡计。
如果让他知道了你的秘密，
他就会将你置于死地！"

心上人讲的这些心里话，
赛依特牢记心里。
他离开城堡匆匆赶路，
他快马加鞭向前方奔去。

赛依特当天就赶到喀拉朵的住地，
他派人削下喀拉朵的肉，
让喀拉朵的小儿子背在身上同行，
然后埋葬了喀拉朵、妖婆和孽子的尸体。

他转身向日落的方向奔去，
远远就听见大鹏鸟含冤的叫声。
他用喀拉朵的肉把它喂饱，
大鹏鸟展翅冲出了牢笼。

会说人话的大鹏鸟，
把翅膀收拢表示尊重，
开口讲话感谢救命恩人：
"从喀拉朵的魔网里，
解救出我的大恩人啊，

莫非你是玛纳斯的后裔?
我知道，
只有玛纳斯的后代，
才能将我解救。

“七十五年前，
我被居仁朵生擒，
一直在网中囚禁。
是凯耐尼木把那个魔头歼灭，
从冰山之中救出了我。
当秦格什汗施展魔法时，
当凯耐尼木迎娶绮妮凯时，
我也帮他们做过一些事情。

“命运多舛的我，
翅膀还没有完全恢复，
又被居仁朵的孽子喀拉朵，
囚禁在他的魔网里。

“失去自由的我，
在痛苦之中热盼着恩人。
我心中明白，
只有玛纳斯的后裔，
才能救我出笼飞向蓝天。

“玛纳斯的后裔，
勇敢的年轻人，
你是否已经下定决心，
要去青坟墓中，
完成那神圣的使命?

“只有我能帮你完成使命，
我一定不惜一切代价，
随你同行。
你心里有什么话就说出来，

不要犹豫，
不要憋闷在心中。

“要去的地方太遥远，
只要我扇动双翼，
眨眼间就能飞越一个月的路程。
我会把你们连人带马驮在背上，
一起去完成你要完成的事情！

“玛纳斯的后裔，
两次解救我脱离魔网。
在我生命结束之前，
我要重振雄风，
留下千古英名，
让后世的子孙们称颂！”

大鹏神鸟协助赛依特取出宝藏

赛依特和同伴们站在大鹏鸟背上，
铁勒库荣神驹立在身边。
大鹏神鸟展开双翼飞向蓝天，
一会儿就来到了大海岸边。

赛依特放眼望去，
眼前是一片汪洋大海，
大海中间的青坟墓，
隐约可以看见。

祖先留下的阿勒玛巴什神枪，
赛依特拿在手中。
枪膛里装满子弹，
准备好红色的火捻。

赛依特朝一望无际的大海，
扣动扳机“啪”的一枪，
枪膛中射出红色的火焰。
枪弹在天空中呼啸，
尖厉的声音惊天动地。

躺在被窝里的老人吓了一跳，
毛驴惊慌地跑出了栏圈，
公鸡也不择时机地惊叫起来，
大地震动，动物们匆匆乱窜。

海波荡漾，水花飞溅，
水神被吓跑了。
一阵黑暗之后，天又复明，

一望无际的大海，
眨眼间消失得踪影不见。

霎时间刮起了狂风，
风沙旋转着，遮天蔽日。
赛依特紧握色尔长矛迎风挺立，
漫天飞沙顿时风消云散。

紧接着地面腾起一片红色的火焰，
大地被烈火笼罩着，一片浓烟。
赛依特身穿居仁朵的内衫，
毫不胆怯地走向火海中间。
烈火不能把他燃烧，
魔法已被他破解，
英雄闯过火焰大关。

顿时，猛虎、雄狮又蜂拥而至，
地面被凶猛的野兽挤满。
英雄喊着“玛纳斯”的口号，
手中紧握着阿勒曼别特的匕首，
凶猛的野兽吓得四处乱窜。

青坟墓终于可以看到了，
它不是在海上，
就在陆地的海岸边。

夏达提时代就有这座坟墓，
芨芨草捆子一样粗的大蛇，
堵在道路中间，
凡人无法靠近，
它静守在那里已经很多年。

它四周是不长植物的荒原，
干燥的沙石稀松散落。
马蹄磕动圆圆的石头，

上方是红色的山包。

青坟墓的大门，
看上去就是一座高耸的陡崖绝壁。
门上有一把面袋子大的锁子，
它凸现在悬崖前巍然不移。
“我要破除魔法！”
年轻的勇士显然有点着急，
他把克勒吉凯的叮咛，
一时忘到了九霄云外。

面对神秘的青坟墓，
他哪里有害怕和犯难。
他伸开手上前去摸，
铁锁子往上升去，
像一块移动的山岩。

这里有十八条路通向山头，
阿布勒爬上去吊着绳子下来，
他伸手去抓锁头。
那锁子又向下降去，
像只被追赶的兔子一溜烟跑掉。

没有打开锁的办法，
众人一时犯了难。
“我忘了克勒吉凯的临别赠言，
都怪我，求宝心切，
把姑娘的话抛在一边！”

赛依特吩咐：
“把喀拉朵的儿子带来！”
众人给巨人的儿子松了绑，
将他带到墓前，抬头张望。
锁子“唰”的自动打开，
“轰隆隆！”坟墓里发出巨响。

金光闪烁，珍宝显现，
坟墓里的宝石一堆又一堆。
“把宝石快运出去！”
众人拿出事先准备好的口袋。

一条条口袋装满宝石，
驮到外面一看，
宝石都变成了石头，
“这是怎么回事？”
赛依特莫名其妙，
大伙儿顿时傻了眼。

“我们听大鹏神鸟说说，
这究竟是怎么回事？”

天空的神鸟开口说话，
压在心头的乌云才慢慢飘散。

“你们装宝石的时候，
有一只看不见的手，
将宝石取出换成了石头。
所有的袋子里，
没有了宝石只有石头。

“这是在日落的方向，
有一个人正在施展魔法。
我要迅猛地起飞，
用尖锋的利爪，
刺进他的心脏，
让他抽搐，让他挣扎。
当他挣扎的时候，
就会变换新的魔法。

“见到那样恐怖的情景，

你们千万不要害怕。
我有办法，
解除他的所有魔法！”

大鹏神鸟说完，
展开翅膀向着目标俯冲下去。
施法的魔鬼起身欲逃，
大鹏鸟的利爪已伸进他的胸膛。

天空中传来一声尖叫，
有月光的夜晚顿时漆黑一片。

各种精灵倾巢而出，
踩着乌云蜂拥而至。
一群面目可憎、奇形怪状的巨魔，
一齐扑来，疯狂无比。

头顶蓝天，脚踩大地，
一个长着几个头的怪物，
多手多脚多眼睛的群魔，
还有拿着各种武器的巨人，
像潮水般蜂拥而出。

一阵刺鼻的气味扑来，
变成红色的熊熊火焰，
燃烧着天空和大地。
呐喊声、搏击声混成一片，
世界变得恐怖不堪。

张着血盆大口的巨人，
一口可以吞下十万兵马，
可以将一座大山吞进口里。
满世界好像都是疯狂的巨人，
巨人们狂喊着："抓住！
原来是布鲁特人[1]来了，

[1] 布鲁特人：即柯尔克孜人，初为蒙古人对柯尔克孜人的称谓，意为高山牧人。

抓住布鲁特人，将他们歼灭！”

阔克布卡、阿布勒和杰提力拜，
看到此情景都吓呆了，
胆怯地往后退去。
生灵感到世界末日已经到来，
人类的灭亡就在眼前，
不寒而栗、心惊胆战的景象令人恐惧。

英雄赛依特遇险不惊，
敞开胸膛迎风站立，高声大喊：
“你们看看我是谁！”
露出了穿在身上的居仁朵的内衫。
看到居仁朵的贴身内衫，
以云作马骑的巨人和魔鬼惊呆了，
惊叫着：“我们完了！”
全身发软，一个个掉下云端。

大鹏神鸟逮住了一个老翁，
他的胡子黑白相间，
他瞪着惊恐的眼睛，
战战兢兢地向赛依特他们开了言。

“居仁朵活了八千年，
最终也没能在这个世界留下性命。
所有的人都难免一死，
无论是富贵还是贫贱。

“当年夏达提独霸时，
他的首辅大臣居仁朵，
是夏达提最重要的谋臣。
他们把大地上所有的宝石，
收集起来装进这个坟墓之中，
舍不得分给人们。

“为了永远保留，
居仁朵用魔法将宝物严密封存。
夏达提曾问居仁朵：
‘会有人把宝石拿走吗？
宝石这样存放是否可以放心？’

“‘昼追着夜，时光流逝，
月撵着年，岁月匆匆。
人世间会出现许许多多的英雄。
在众多英雄中，
有一个叫玛纳斯的汗王会出生。
你的青坟墓会被他的后裔挖掘，
我也会死在他的后代手中。’

“居仁朵如此回答了夏达提，
他的话已经应验。
玛纳斯的后裔，
命运铺就了人生的道路，
英雄理应得到这用之不竭的宝藏，
这是天神的意愿。

“从那个时代到这个时代，
我一直是这里的守墓人。
我是为他们守墓，
也是在为你守宝。
天神交给我神圣的使命，
我尽心竭力完成了。

“我有一支箭羽，
我把它交给你，
你把箭射向我，
我倒地身亡后，
这里的宝石你就会得到，
从此你将是天下第一富豪！”

赛依特听了老翁的谎言，
感到十分气愤。
“你要好好教训他，
让他懂得如何做人！”
赛依特果断地挥了挥手，
向大鹏神鸟下了命令。

大鹏神鸟心领神会，
抓住老翁的手心肉，
用利爪使劲一挤，
老翁手心的油被挤了出来，
他凄惨地呼叫着赛依特的名字。
天空电闪雷鸣，
黑色的土地露出了一条深深的裂缝。

“我把实话告诉你，
赛依特英雄！
你用箭羽射中我的要害，
你可以将我的血倒入皮壶，
再在石头上倒上我的热血，
青坟墓中取出的宝石，
就会再现真容。

“凡是人类，
如果拿了宝石，
就不会消停。
不消停的原因，
是魔鬼和妖女，
叫他们不得安宁！

“如果我的血流出，
妖女们看到后，
就再也不会靠近。
我已对生命感到厌恶，
甘愿立即消失，

再也不愿看到人类的不幸！”

“他说的是真话！”
赛依特将箭羽射向他，
老翁咧着怪异的嘴，
结束了魔鬼的使命。
英雄将老翁的血洒向变成石头的宝石，
宝石现出了原形，光芒四射。
踩着乌云的妖魔们，
见状消失得无影无踪。

荒野里散布着，
喀拉朵的许多骆驼。
勇士们立刻聚集骆驼，
鞴好了驮具，
让骆驼驮运宝石。

“英雄赛依特回来啦！”
周围的百姓都赶来了，
七手八脚帮忙将宝石搬运。
宝石没有向任何人赠送，
一件不少地存放在了汗王的库中。

这里的事我们暂且搁置，
回头看看苏来玛特的动静。

赛依特将黄金散发给百姓

苏来玛特缺失公道、正义和人性，
他不了解英雄的价值和品行，
他是一个诡计多端的小人，
他是一个铁石心肠的恶人。
他不履行汗王的责任和义务，
他从不把百姓放在心上。
他不遵守做人的尊严和德行，
他对谁都没有真话，
他总是欺骗民众。

苏来玛特一夜没有睡，
多少诡计在心里翻腾：
“赛依特是个不平凡的人，
如果把克勒吉凯嫁给赛依特，
他根本不会听我摆布，
我会活得很不轻松！”

苏来玛特想了很多对策，
拿定了一个馊主意。
自己的独生女儿克勒吉凯，
决不能嫁给柯尔克孜山鹰。
他翻着白眼，召来六个使臣。

给了他们六匹快马，
给了他们六件上好的长袍，
给了他们封好的信件，
不让旁人觉察知道。

“去做出使古都斯的信使，

你们要把我说的这些话，
装进心里牢牢记住，
要让那里的人都知道。

“从柯尔克孜人中来了一个小子，
他是嗜血成性的玛纳斯的子孙。
他已把喀拉朵杀死，
还挖出了他的眼睛，
给广大百姓的灾难又加重了一层。

“他把大鹏鸟从喀拉朵手里夺回去，
他是一个什么也不畏惧的人。
他把青坟墓中的宝石驮了回来，
掌握在自己的手中。

“‘苏来玛特的独生女克勒吉凯，
我要娶她，与她成婚！’
他在胡闹，赖在这里，
威逼苏来玛特汗王答应。

“从古都斯和巴格达特来的青年，
阔克布卡和杰提力拜，
卑贱而又贫寒，
是在外面流浪的两个奴隶。
阔克布卡骑着马，
穿着单衣，到处流浪，
从来没有吃饱过肚皮，
是饿着肚皮的流浪汉。

“叫杰提力拜的那个人，
曾经是个高尚的英雄，
但如今漂泊在外，
至今仍然是一事无成。
赛依特带着他们来到凯尔克提。
不起眼的奴隶，

竟要娶汗王的高贵公主，
世上哪有这样便宜的事情!

“你们要如此告诉希尔玛特汗，
我的态度十分鲜明，
决不能把女儿嫁给赛依特，
高贵的希尔玛特汗王，
怎能把女儿嫁给杰提力拜，
那么做成何体统？！

“我们若把女儿嫁给贫穷的奴隶，
荣誉会和我们疏远。
希尔玛特和我都是汗王，
我们要努力保持汗王的尊严。

“把女儿嫁给平民百姓，
对汗王来讲，这不是羞耻吗?
把女儿嫁给奴隶，
对英雄来说，这不是羞耻吗?

“身为至高无上的汗王，
头上有王冠的荣耀，
把女儿嫁给外地人，
对我的百姓来说，
这不是羞耻吗?
这样的羞耻我承担不起!

“不顾习俗，没有彩礼，
就这样简单地草草办婚事，
把女儿嫁给他，
大众难道不会嘲笑我吗?
这样的嘲笑我可不要!

“天下人会指着女儿的鼻子说:
‘你是作为战利品被人霸占的妻子。’

女儿被这样嘲笑，
说不定会舍弃自己的生命，
这样的结局我不想看到！

“与汗王的女儿相配的人很多，
‘怎能把女儿嫁到远方，
汗王高贵的公主，
难道是嫁不出去的女仆？’
同辈们会这样笑话。
这样的议论我不想听到！

“我问过他的出身，
‘我是玛纳斯的后裔，
我是凯耐尼木的儿子。’
他是这样回答我的。
至于阔克布卡和杰提力拜，
这里还没有人知道他们俩的身世，
这两个是一贫如洗的低贱奴隶。

“在希尔玛特汗那里，
有著名的英雄，
还有大大小小的雄狮。
带上他们到这里来，
在他们身后有众多将士跟随。

“擅长长矛的勇士，
擅长大斧的壮汉，
擅长刺刀的强者，
擅长铁锤的大力士，
擅长魔法的巫师。

“身穿战袍的将军，
临危不惧的英雄，
身经百战的勇士，
百发百中的神枪手，

能掐会算的占卜师，
拉弓射箭的神射手，
出谋划策的智士，
一个也不要少。
为了汗王的荣誉而出征，
浩浩荡荡快来到这里。

“希尔玛特是比我精明的汗王，
如果赞成我的提议，
就会带领千军万马快快来到这里。
如果他不愿意来，
以后不要让我再见到他，
我将和他断绝多年交往的情谊。

“我在这里等待着回音，
你们快带上信件出发，
不要误了行程。”

阴险狡猾的苏来玛特，
把六名信使打发上了路，
在汗宫里舒适地长出了一口气，
他心里感到一阵阵轻松。

赛依特所做的事情，
让所有的百姓都感到高兴。
在汗位上的苏来玛特，
妒火却在心中燃烧，
他继续想着馊主意，
没有一刻消停。

他把妻子叫到身边，
与妻子商议女儿婚姻大事：
“女孩最亲近的人，
莫过于母亲。
从柯尔克孜来了一个怪物，

‘我要嫁给他！’
这样的话竟出自女儿的口中，
这岂不让别人嘲笑！

“宝贝女儿还不到十三岁，
这样的年龄还不该出嫁。
连马都去不了的遥远地方，
‘我要去！’
她竟说出这样的话。
跟随在过路人的后面就走了，
谁将她的父亲母亲照看牵挂？

“我女儿是汗王的公主，
我要把她嫁给汗王的儿子。
遥远地方来的一个陌生人，
我怎能答应把女儿嫁给他？
你好好劝劝女儿，
让她听从父母的话！”

赛依特是个闲不住的人，
在四天的时间里，
派人用很多骆驼和骡马，
驮来了喀拉朵库里的珠宝金银。
把凯尔克提的所有人，
包括孤儿、寡妇和老人，
全部召集到大帐前的草坪上。

有些人有点惧怕，
有些人略显平静。
敢作敢为的赛依特顾不了这些，
他把带来的黄金统统分给了百姓。
多的得到了一钱袋的黄金，
少的也得到了百两黄金。

黎民百姓人人都非常高兴，

这一天像过节一般地喜庆。
所有的人都满意而归，
所有的人都变成了富翁，
分到黄金的人衷心祝福慷慨的英雄。

“这是怎么回事？
这是绝对不能容忍的事情！”
贪婪的苏来玛特特别心痛，
他多次想去阻止，
由于害怕赛依特没能实行。

赛依特派阔克布卡，
把青坟墓中的宝石，
交给苏来玛特收存。
阿布勒负责这件事情，
装点清理。
六十个人干活，
整整干了十二天，
才把宝石全部运进苏来玛特的库中。

母亲来到女儿身边爱抚半天，
把苏来玛特说的话讲给女儿听。
克勒吉凯听了以后，
嫁与不嫁，她不吭不哈，
木然地静静望着母亲。

“做两条腿的人，
千万不要做女人。”
克勒吉凯眼泪不住地流，
说不出有多么伤心。
她把外衣在身上紧紧裹住，
全身发抖地趴在那里，
心里特别难受。
她气恼发狠话的父亲，
她可怜来传话的母亲。

妻子来到苏来玛特面前，
向汗王丈夫复命：
“你的女儿心意坚定，
该说的我都说了，
她丝毫不为所动。

“你的女儿，
你自己去说吧，
我不愿掺和在你们中间，
两头受气，不得消停！”

苏来玛特瞪着他的妻子，
气得脸色铁青：
“你劝说不了女儿，
还敢这样向我回禀！
克勒吉凯不听话，
我要你去狠狠地把她教训！

“如果你还这样回来，
你这个没用的黄脸婆。
我要把你的头发剪光，
要把你们母女俩，
吊在绞刑架上勒死！”

这时派去古都斯的信使，
已经完成了使命返回。
他们来到苏来玛特面前，
向他们的汗王复命：
“尊敬的汗王，
我们已从古都斯回来了，
向您回复您交办的事情。

“我们见到了希尔玛特汗，
忠实地向他转告了您的心声。

您写给他的密信，
我们也交到了他手中。

“希尔玛特是个很有心计的汗王，
他的智慧超群。
看在您的面子上，
他盛情款待了我们，
又召集了掌权的群臣。

“他没有对他们隐瞒，
也没有要求我们回避，
我们和他坐在一起，
聆听了他们的商议。

“他听取了群臣的意见，
对您的要求做了诚恳的回应。
我们把他的话忠实转述，
请汗王耐心倾听。

“‘尊敬的客人，’
他这样谦称。
‘关于雄狮玛纳斯的传说，
我们早已听闻；
对于玛纳斯的后裔，
更不敢妄自看轻。

“‘从前，卡勒玛克人携康阿依诸部，
多次入侵柯尔克孜。
是玛纳斯汗王和他的子孙，
一次次将他们打败，
一次次将他们驱逐。

‘从此以后，
顶天立地的柯尔克孜人，
无人不尊，

无人不敬。

“‘英雄玛纳斯家族，
如今已到了第五代。
听说玛纳斯和他的勇士，
虽然进入了天界，
仍时时将后世眷顾。

“‘玛纳斯的汗后卡妮凯，
玛纳斯的谋士巴卡依，
还有他的儿子赛麦台依，
他的儿媳阿依曲莱克，
阿勒曼别特的儿子古里斯坦，
他们五个虽然神秘消失，但还活着，
天地间仍然时常浮现他们的身影。

“‘十二岁的赛依铁克，
敢与山一样的克亚孜对阵，
九岁的凯耐尼木，
一举歼灭了日落方向的七个巨人。

“‘他们勇敢善战，
他们不怕战争，
汗王玛纳斯家族，
有谁轻率地与他们相斗，
有谁能将他们战胜？

“‘我听说少年赛依特，
也是一个无敌的英雄，
他战胜了顽敌喀拉朵。
如果苏来玛特有能耐的话，
如果我们古都斯人厉害的话，
当初为什么不敢与喀拉朵争雄？
为什么让他把我们的姑娘抢走？

“‘苏来玛特竟然声称，
不会把女儿嫁给他。
我看这真是一件怪事情。
古人留下这样的劝告：
把女儿嫁给求婚的人，
把食物送给饥饿的人，
这是天经地义的事情。

“‘时机到了的时候，
女儿说：我要嫁人。
父亲竟然做出这样悖理的决定：
你选中的男人我不会把你嫁给他。
不顾女儿的哭啼，
做父亲的怎能如此绝情？！
古都斯这个地方，
就不会发生这样无聊的事情！

“‘如今柯尔克孜人雄踞一方，
天下无人敢与他们抗衡，
我们怎能冒天下之大不韪！
与这些英雄战斗，
我们的血会像水一样地流个不停，
我们的牲畜会被抢尽，
我们金铸的王冠，
就不会在我们头上停留。
不要说王冠和宝座，
我们甚至保不住自己的性命！

“‘不要说古都斯和凯尔克提人，
当年康阿依人和芒格特人，
与柯尔克孜人争斗，
结果都以失败而告终。

“‘我喜欢我的王冠、我的宝座，
我不会带兵出征，

我不愿轻易失去汗位，了却一生。

“‘阿勒特娜依和巧勒潘娜依，
两位美女在古都斯就有名，
由英雄赛依特做主吧，
嫁给阔克布卡和杰提力拜，
我们会感到无上的光荣。

“‘大鹏神鸟的事情，
我们再不去说了，
它是百鸟的首领，
把它解救出来，
这是功德无量的事情。

“‘喀拉朵被歼灭，
古都斯的百姓得到了安宁，
把宝石从青坟墓中取出，
更是建立了不朽的功勋。

“‘苏来玛特提出的条件，
赛依特全部完成，
苏来玛特还想怎样折腾？！
做人不能言而无信。

“‘赛麦台依和赛依铁克，
还有古里斯坦，
都曾娶仙女为妻，
神仙都愿嫁给玛纳斯的后代，
苏来玛特的女儿嫁给赛依特，
难道还辱没了她不成！

“‘姑娘长大总是要出嫁的，
我们奉劝苏来玛特要审时度势，
不要走秦格什的老路。
他就体面地把姑娘嫁出去吧，

嫁给姑娘选定的意中人。’”

信使们转告了希尔玛特的话，
苏来玛特心中闷闷不乐，
他让信使们回家去见亲人。
大帐中只剩下苏来玛特，
他呆呆地望着帐外阴沉的天空。

三勇士的集体婚礼

没有办法的苏来玛特，
只好勉强屈从。
“让赛依特举办婚宴吧。”
声音怪怪的，
有点言不由衷。

听了别人的传达，
赛依特很不舒服。
“让我举办婚礼，这是什么话?
女儿的婚礼应该父亲去办，
这是自古以来传下来的规矩。

“苏来玛特为女儿举行婚礼，
应把所有的黎民百姓召集起来，
让他们看看婚宴的热闹。
快马进行比赛，
大力士马上比武，
为了增添婚礼的喜庆氛围，
还有射箭和其他项目。

“你们先去告诉汗王，
让他快一点做准备，
安排好应当安排的事情。
喜庆的日子是十天，
不能再延长了，
作为汗王苏来玛特的女婿，
到时候我会做我应做的事情！”

赛依特召来三位好友，

将婚庆部署得周到细致、天衣无缝。
“杰提力拜参加赛马比赛，
你对马要格外爱惜，
不要让别人乘骑。

“阿布勒兄弟，
请带上你的网，
到大海去施展神功，
把凯尔克提人没有吃过的大鱼，
尽量捕进你的网中。

“大力士阔克布卡，
比武时穿的服装，
不能掉以轻心，
格斗时要防备对手的突然袭击，
不要让凯尔克提的人嘲笑我们。

“阿布勒，听说你的母亲也赶来了，
感谢她老人家的一片盛情，
姑娘那边请她多操心。
你们做女婿的，
不能不讲究习俗礼仪。

“已经过去好几天了，
我没有看见克勒吉凯。
苏来玛特汗宫里的事情，
你要多观察，事事留心，
不要让人家发现你将他们监督。
若有对姑娘们不利的事情，
请赶快向我禀报不要耽误。”

苏来玛特坐在汗位上，
直到天亮也没有合上眼睛。
“老天爷会支持我！”
他相信铃铛，

听到铃声他顿时来了精神。

他宰杀了许多牲畜，
献祭给上苍表示尊敬。
铃铛一直被敲击，
声音震耳一直响到天明。
忧虑从他心中消失，
他向百姓发布了举行婚宴的命令。

几匹出了名的快马，
一个接一个被牵出了圈门，
尾巴被扎成短结，
额前的鬃毛朝天扎紧。

苏来玛特的苏尔恰力西[1]，
走起来昂首阔步特有精神。
铆足劲的马匹，
跑起来连声音也追赶不上，
恰似草原上刮过的一阵疾风。
马背上的小孩勒不住缰绳，
此时苏尔恰力西十分激动。

铁克奇的铁木尔阔克[2]，
阔依空拜的阔依恰布达尔[3]，
巡水官的阔克阿拉[4]，
吉力特尔罕的托热阿拉[5]，
特米曾的萨日阿拉[6]，
这些都是当地有名的良马。

著名大臣的喀拉卡什卡[7]，
在炎热的地方长大，
它鬃尾收拢一大抱，
是从不让头奖的良骏。
凯尔班奇的凯尔艾格尔[8]，
出自凯尔克提的高头大马，

1 苏尔恰力西：马名，意为灰色良马。

2 铁木尔阔克：马名，意为铁青色骏马。

3 阔依恰布达尔：马名，意为豹花马。

4 阔克阿拉：马名，意为青花马。

5 托热阿拉：马名，意为枣红花纹马。

6 萨日阿拉：马名，意为淡黄色骏马。

7 喀拉卡什卡：马名，意为玉额黑马。

8 凯尔艾格尔：马名，意为深棕色公马。

全是出了名的骏马，
跑起来追音赶风。

杰提力拜牵着快马杰尔得[1]，
昂首走出汗宫。
它是与杰提力拜相依相随的伙伴，
从来没有让别的骏马超过，
在巴格达特特别有名。

宽阔的前额、宽大的鼻孔，
钳子嘴、宽口腔，
眼睛闪耀泛着红光，
耳朵呈芦叶形状。
顺滑的鬃毛，
头部显出良马的形象。

像长颈鹿一样的长脖子，
像梅花鹿一样的腰身，
这是一匹健美的骏马，
凸显出无与伦比的神韵。

坚实的蹄子没有缝隙，
像木桩一样直直的四条腿。
这是一匹跑得飞快的骏马，
跑起来奥恰古尔枪弹也难追。

公羊腿，羚羊胸，
油光发亮的脊背，
臀部浑圆，
尾巴像斑马的尾，
两腿之间像山谷似的雄浑，
这是一匹野马般的骏马，
它的力气超过犀牛几倍。

这匹罕见的棕色快马，

[1] 杰尔得：马名，意为浅棕色骏马。

虽然已经二十五岁，
但身体依然强壮有力。
它的肺像铜筛子一样，
就像长了一对翅膀，
跑起来就像山鹰凌空展翅。

一向好运的英雄赛依特，
就安排这匹马参加比赛。
按照柯尔克孜的习俗，
他把马额前的鬃毛，
朝上直直扎紧。
用珍贵的布鲁木彩带，
将马尾巴分叉打结装扮。
鹿皮流苏装在辔头两边。
精致的绣花马衣，
盖在骏马身上格外耀眼。

这匹神奇的骏马负重若轻，
一冲就会飞到空中。
参加赛马的杰提力拜，
用绳子把腰身扎紧，
用六拃长的褡裢，
装满河沙驮在马身。
他把马鞭勾在中指，
走在参赛队伍的正中，
他气宇轩昂，
把众多百姓的目光吸引。

十七个裁判赶着参赛的骏马，
要走过十天的路程。
那里就是比赛的起点，
中途有马加进来不能算数，
这六十九匹马要跑完整个赛程。

呐喊着进行赛马比赛，

这是父辈留给我们的传统。
让骑手们驱马去比赛起点吧，
还有其他事情我要唱给你听。
参加婚礼的黎民大众，
还要观看马上比武的精彩场景。

苏来玛特没有白当汗王，
他不是没有大力士的人。
大力士的名字叫夏克木茹特，
带他上场好像要吃人，
比武骑着马好像要踩人。

阔克布卡不用前呼后拥，
策马出场身后尘土升腾。
他骑的白点鼻骏马叫阿克塔瑙，
它吸引了在场所有人的目光。

他们忙碌了很长时间，
不慌不忙地先让马热身。
他们握紧长矛开始角逐，
双方都毫不留情。
百姓们惊叹着：
“天呀，这些都是天下真正的英雄！”

阔克布卡眼疾手快，
手握长矛的动作利索干净。
他向对手发起进攻，
他的威猛让观战者也胆战心惊。
他敏捷地发出致命的一击，
犹如一道闪电划过天空。

夏克木茹特被从马背戳飞，
像飞蓬一样轻飘飘地落入扬起的沙尘。
看到自己的大力士落马，
苏来玛特感到非常扫兴，

他懊恼地站起来，
掩饰不住内心的隐痛。

姑娘们窃窃私语，
暗暗为阔克布卡鼓劲。
看到阔克布卡取胜，
克勒吉凯笑出了声音。

苏来玛特斜视着兴奋的女儿，
感觉天要塌下来，
世界的末日就要到来。
他内心又气又恨，
恨不得把女儿一口生吞。

苏来玛特心怀鬼胎，
把愤怒暂时隐忍在心。
“让大力士徒步上场！”
他咆哮着迁怒于身边的人。

哈木茹特第一个徒步上场，
他按照当地的习俗，
出场时把衣服披在身上。
好像刚吃了人似的，
嘴里的唾沫星子飞溅，
眼睛瞪得血红。

多少年来一直被养在汗宫，
准备对付喀拉朵的蹂躏。
他性情暴烈，毫无人性，
用铁链拴着很少见人。
他脖子上拴着铁链，
上场时被人牵引。
看到他入场的样子，
所有的观众大吃一惊。

他的长相特别怪异，
脸大得像一个大木盆，
耳朵像盾牌，鼻子像山麓，
眼睛喷着黑色的烟雾，
像饥饿狂暴的恶狼走出山林。

他头顶扁平，
恐怖的模样叫人不可想象。
两条眉毛的中间，
像狭隘的山口一样，
脖子粗得像公牛的脖颈一般。
腰部隆起的肌肉，
粗得像未断奶的牛犊一般。
手和脚都特别粗壮肥大，
像手拙的木匠打造的犁杖。
摇晃着巨大的身躯，
满脸杀气，神态恐怖异常。

哈木茹特咆哮着，
即使拴着也叫个不停。
克勒吉凯担心阔克布卡的性命，
不由喊了起来：
“不要站出来与他较量，
柯尔克孜优秀的鹰隼！
愿祖先的灵魂时刻保佑你们！”

看到这些的阔克布卡，
热血沸腾，勇不可当：
“我不站出来，没人敢站出来，
杰提力拜赛马去了，
不能让赛依特像我一样，
光着膀子出场。”

阔克布卡跳下马，
脱掉衣服光着膀子，

像发怒的公驼一样准备上场。
阿布勒急忙跑过去，
收起他的衣服防止灰尘沾上。

阿勒特娜依来到他面前：
“阔克布卡，我们的英雄，
你要有信心把他战胜。
趁哈木茹特措手不及，
紧紧抓住他的腰部，
将他摔倒不要留情。
是巧勒潘娜依将我派来的，
她始终与你心心相印，
赛依特是你的坚强后盾。

“你要紧紧掐住他的软肋不放，
用力挤碎他的肋骨，
用手抠出他的肾脏，
把哈木茹特揉成扁馕。
去吧，英雄！
与那头野兽较量。
愿玛纳斯的神灵保佑你，
愿你平安顺当！”

阿勒特娜依转达了巧勒潘娜依的祝愿和心声。
巧勒潘娜依的祝愿，
给勇士增添了百倍的力气。
阔克布卡像黑斑老虎下山一样，
勇猛地出手迎敌。

大力士们开始交手，
抓住对方的小腿，
使出全部力气拉扯，
蹬直腿站稳脚跟。
勇士们用双肩互相抵住，
瞪大了发红的眼睛，

互不服输地对峙了三个时辰，
仍然难分输赢。

他们一会儿抓住对方的胳膊，
不遗余力地拉扯。
一会儿又抓紧对方的腰带，
像车轮旋转似的，
一个把另一个掀起来摔下去，
紧紧搂抱在地上翻滚。
这样的摔法不顶用，
又互相挥动双臂在场上较劲。

稍停了片刻，
双方的搏斗愈加激烈凶猛。
双手交叉着把对方抓牢，
又把对方的手用力甩开。
双手围住对方的脖子，
刚刚跪倒在地上，
即刻又站立起来。
浑身的热汗像河水一样淌个不停，
手和脚交替挪动。
把手从胳肢窝插入紧紧抱住，
像公羊一样互相撞头暗中较劲。
双方都痛得龇牙咧嘴，
鼻涕口水不停地流淌湿了衣襟。

双方睁大双眼站立着，
挥动粗壮的胳膊，
前后上下推搡着，
你退我进，互不相让。

这时，巧勒潘娜依忍不住了，
发出库姆孜琴般悦耳的声音：
“我的雄鹰，
我的感觉告诉我，

他有个致命的弱点。
你仔细注意找准机会，
把他的脚面狠狠踩住，
向他的腰部进攻！”

阔克布卡听到了，
紧紧抓住哈木茹特的腰，
指头抵进去狠狠一掐，
忍受不了的哈木茹特，
痛得瞪大了两只眼睛。

哈木茹特已经没有多少力气了，
阔克布卡用力抓牢对方的腰，
把对方从地上抱起来，用力一抡。
苏来玛特的支柱哈木茹特，
像砍断的木墩子一样，
四仰八叉摔了个倒栽葱！

壮汉勇士阔克布卡，
跨过哈木茹特的头跑过来，无比兴奋。
阿布勒来到他的面前，
把一块白色得依里得[1]披在他的上身。
连续战胜了两个对手，
维护了柯尔克孜的威信，
大力士让人十分满意，
英雄赛依特特别高兴。

观众和射手们一个不留，
纷纷向射元宝的赛场涌去。
苏来玛特颜面扫尽，
无精打采地坐着不动。
两个大力士都败了，
面对四周响起的欢呼声，
苏来玛特的心里阵阵发慌。

[1] 得依里得：一种珍贵的丝绸织品。

天神没有把苏来玛特护佑，
让他的头脑昏昏沉沉。
他尾随观众来到射箭场，
再看射手们显示神通。

广阔的射击场上，
聚集了来自四方的神射手。
在眼睛难以触及的塔顶，
元宝被悬吊绑在绳子上。

射手们每人一匹马，
放松了缰绳。
射手们摩拳擦掌，伸腰展臂，
有的用弓，有的用枪。
拉弓搭箭，端枪击发，
没有一个能射中。
外面围满的观众，
沉浸在热闹的喊叫声之中。

这时，赛依特骑着铁勒库荣迎面而来，
身后扬起一溜尘土。
他手握着苹果头神枪，
观众张大嘴巴，瞪着眼睛。
窈窕淑女克勒吉凯，
身穿浅红色长裙，
不知所措地轻快跑着，
不安的心怦怦跳动。
赛依特看见克勒吉凯的身影，
一股暖流涌遍周身。

阿勒特娜依和巧勒潘娜依，
快步靠上前去，
悄悄地对赛依特转达克勒吉凯的祝福，
目光热切、语气坚定，
转达了她们共同的心声。

“我们的雄狮，
我们的猛虎，
你就要跨马出场。
愿玛纳斯的灵魂，
始终护佑在你的头顶！
你如此年轻就英名远扬，
这次不要失手打偏，
留下不好的名声！”

赛依特骑着铁勒库荣，
胸有成竹，神情平静。
苹果头神枪端在手中，
瞄准了吊着元宝的细毛绳。
在场的所有观众屏住了呼吸，
按捺不住怦怦跳动的心。

“啪”的一声枪响，
吊着元宝的细毛绳，
由根部撒开着了火，
整个世界都被震动。
兴奋不已的克勒吉凯，
脸像月亮一样闪着光辉，
她不禁发出欢乐幸福的笑声。

笑声传到苏来玛特的耳根，
他全身冒出冷汗，
浑身上下没有了一点儿精神。
他恶狠狠地向女儿瞪了一眼，
脸色黯然苍白而又阴森。
“不能再把女儿当孩子了！”
他自言自语发泄着心中的愤恨。

苏来玛特心中十分懊恼，
马上对刺败下阵来，

徒步摔跤输给对手，
射箭比赛输得更惨，
苏来玛特像天塌下来一样伤心。

他关注着奔驰的快马苏尔恰力西，
渴望赛马场上传来喜讯。

这个诡计多端的汗王，
肚里还深藏着祸心。
日落西方有六个巨人，
早已在凯耐尼木手下丧命，
现在还有他们的子孙，
时刻想着为父辈报仇。
苏来玛特已派人送去消息，
请他们来对付柯尔克孜英雄。

女儿克勒吉凯的任性，
使他陷入了无法忍受的窘境。
就在此时，
人们纷纷涌向赛马的终点，
准备迎接奔来的马群。

话说吆马的裁判，
赶着参赛的马群，
向着比赛的起点行进。
他们每天傍晚，
停下来就地宿营。
架起拴马的凯尔麦[1]，
将骏马的头高高吊起调养精神。
第二天清晨早起解开拴绳，
将马牵到青草茂盛的草地上，
取下嚼子自由吃草，
让马把清水畅饮。

智者勇士杰提力拜，

[1] 凯尔麦：拴马的木杆。

尤其把自己的骏马记挂在心。

要参赛的马群，
集中到起点休息调养。
在这野羊出没的地方，
骑手们一边精心照料马匹，
一边在野地射猎野羊。

休养了四天时间，
参赛的马已恢复了力量。
当第五天凌晨，
星星隐去天色渐亮，
参赛的少年们，
在草场放马吃草。
他们吃饱了茶饭，
将马匹一一清点走上赛场。

要参赛的少年骑手，
精神抖擞地骑在马上。
马辔连着马辔，
像高飞的大雁排列成行。
“嗨！”一声令下，
争先恐后的马群，
疾呼着奔向了前方。

赛场这边的人们，
在赛程的终点插上锦旗，
人们预计着日期，
望着马跑来的方向。

早在三天以前，
呐喊助威的人已去前方，
半路中迎接快马，
陪伴它冲向终点，
这是自古以来的习惯。

少年英雄赛依特，好小子，
似乎没把赛马的事放在心上。
他在宫中安静地歇息，
自在清闲，无忧无虑，
全然没有焦虑的模样。

出于娱乐，
他漫不经心地举起了千里眼，
朝着赛马的方向。
好厉害的千里眼，
六个月路程的距离，
可以拉近到六个毛绳长的眼前。

马的影子看见了，
苏尔恰力西跑在最前面。
在十六匹马后面，
杰尔得骏马的身影时隐时现。

这个可爱的生灵，
此时激情燃烧，
犹如一团火焰。
它好似一只狍鹿冲出林间，
甩开四蹄奔腾向前，
眨眼间五匹马被甩到了后面。

遇到下坡的地方，
杰尔得骏马的前蹄，
像狍鹿般地伸长。
马背上的杰提力拜，
左右策鞭，襟袖散开，
恰似一只展翅飞翔的大雁。

杰尔得骏马的四蹄踏击着大地，
后鞧皮带结啪啪直响，

镶金的胸带在胸前铮铮作声。
马嘴张开就像山洞一样，
小毡房般大的白沫，
溅落在路的两边。
在说这说那的工夫，
在睁眼闭眼的时间，
又将前面的六匹马抛在后面。

像抛石器抛出的石头，
呼啸着飞向前方；
像飞鸟一样飞翔，
四蹄踏碎的石头，
化为尘土在身后飞扬。

马背上的杰提力拜，
高呼着“玛纳斯”的口号，
又超过了前面的四匹马，
连旋风也无法把它追上。

杰尔得越来越接近苏尔恰力西，
其他马早已被甩得很远很远。
驾驭苏尔恰力西的凯尔克提人，
不让杰尔得超到前面，
故意把它夹在奔跑马匹的中间。

赛依特见此忍受不了，
策马向杰提力拜高喊：
“幼稚的杰提力拜，
你被别人堵住，
为何不走路的边缘？！

“你如果提前绕过他们，
早该到达比赛的终点。
你驮的沙袋，
为何还不卸下它，

以减轻负担？”

赛依特的喊声，
提醒了杰提力拜。
杰提力拜拔出短刀，
划破马背上的沙袋，
让沙子淌完。

出类拔萃的杰尔得骏马，
冲破凯尔克提人的阻拦，
像盘羊一样飞奔，
连旋风也被抛在后面。
又像一只离弦的箭，
迅猛无比的加戛勒玛依[1]，
也无法将它追赶。

马背上的杰提力拜，
已无法将马匹控制，
急忙向赛依特呼喊：
“我的英雄赛依特，
请听我的呼唤！
我胯下的马已经失控，
请你超到我的前面。
在终点的旗杆下，
把杰尔得马拦一拦。
如果放任它跑过终点，
我可能摔下来命丧荒滩！”

“杰提力拜说的是实话，
如果我不到前面拦截，
他肯定摔落马鞍。”
少年雄狮赛依特催促铁勒库荣，
像一道划破天空的闪电，
抄近路跑到旗杆下，
回头察看杰尔得马的状态。

[1] 加戛勒玛依：猎鹰的一种。

只见世上难寻的杰尔得神骏，
脖颈的鬃毛迎风飘动，
两只眼睛像两只蜡烛点燃。
它嘴咬着嚼环摇着头，
辔头上的黄金装饰，
在阳光下闪亮耀眼。

神骏的马蹄与马镫相撞，
嘴中喷出的唾沫随风飞溅。
飞驰的神骏带着呼啸的声音，
越来越接近终点。

马背上的杰提力拜，
高喊着“玛纳斯”的口号，
英雄赛依特应和着，
喊声响亮，划破云天。

“这是什么声音？”
凯尔克提人心惊胆战。
“祖先玛纳斯的神灵支持我们。”
赛依特热血沸腾，充满信心。

西边的天空射出万道霞光，
柯尔克孜人的呐喊声响彻云霄。
青鬃狼玛纳斯骑着阿克库拉神骏，
带领着众位英雄突然出现。
他们来帮助少年猛虎赛依特，
为赛依特参赛的马助威开道。
臀部有斑纹的阿克库拉扬鬃奋蹄，
在杰尔得神骏的前面引导。
祖先显灵威震天下，
所有的对手都被他们的气势吓倒。

杰提力拜跃马扬鞭，

苏尔恰力西早被甩在后面。
年轻的雄狮赛依特跃然向前，
在终点迎接杰提力拜。

克勒吉凯姑娘和阿勒特娜依，
阿布勒和巧勒潘娜依，
还有阔克布卡大力士，
兴奋得泪水涟涟，
高呼着“玛纳斯”的口号。

克勒吉凯忌讳直呼公公的名字，
只能高声把“阿塔”[1]呼叫。
她让人找来黄色山羊羔屠宰，
为杰提力拜和杰尔得骏马，
举行了去邪避灾的萨达哈仪式。

所有比赛项目的冠军，
都被赛依特英雄们拿下。

凯尔克提有的人很高兴，
有的人很扫兴。
比赛的结果，
让苏来玛特很是沮丧，
心中的酸楚无法形容。

[1] 阿塔：意为父亲。

苏来玛特加害女儿和女婿

克勒吉凯精心安排，
把阿布勒打来的海鱼分成若干块和若干份，
做好了各种各样的饭食，
饭食的香味弥漫在空中。

她打发阿布勒：
“把父亲苏来玛特汗王，
以及身边的王公大臣，
还有凯尔克提尊敬的长者，
都请来参加宴会一起欢庆！”

所有的人喧哗着前来做客，
客人聚满了集会的大厅。
苏来玛特带头落座，
上席坐满了长者和来宾。

蜜枣、砂糖、牛奶，
果仁、奶皮子、蜂蜜，
所有的甜食应有尽有，
将宽大的餐布摆满。
稠的稀的，吃的喝的，
陆续端来，样样齐全。

紧接着把烹饪的海鱼端上来，
大麦酿成的酒连皮桶一齐端上来。
阿勒特娜依和巧勒潘娜依，
敬着一碗碗酒把客人热情款待。

聪明的姑娘克勒吉凯，

热心招待每位客人。
她殷勤待客的一言一行，
惹得苏来玛特骨头刺疼。
众宾客欢聚畅饮，
带着几分醉意露出笑容。

宾客们对赛依特的功劳交口称赞，
赞颂的话语如温暖的和风。
狡猾的苏来玛特心怀鬼胎，
他缺失人性没有半点良心。

他吃饭就像吃毒药一样难受，
心中充满了忧愁和嫉恨。
他表面装作高兴，
勉强发出了笑声。

“孩子，赛依特，
你把我们请来，
表示了对我们的尊敬。
当着众人的面我说几句话，
希望你给我面子不要拒绝。
希望你不要让我在大家面前难堪，
希望你维护我汗王的威严。

“你为我建立丰功伟绩，
证明了自己是真正的英雄。
你把喀拉朵歼灭了，
让凯尔克提的百姓异常高兴。
你把青坟墓中的宝石取来，
装满我的宝库，
让我称心如意，充满欢欣。

“你将喀拉朵宝库的金银，
给老弱病残赠送，
你证明自己慷慨无私，

扶贫济困，深得民心。

“你让大鹏神鸟向你臣服，
救它飞出了牢笼。
你捕来海里的大鱼，
用烹饪的鱼肉招待我们。
你把妖婆加迪考依和她的四个儿子，
送进了不见天日的地狱之门。

“比武时，
你的大力士赢了；
徒手摔跤，
你的大力士获得冠军；
马不停蹄鞭策着快马进行比赛，
这个机遇也让你抓住了；
射箭、射元宝比赛，
你也拿到了殊荣。
那时刻我高兴得心花怒放，
我想，我的女婿，
你就是世上最幸运的人。

“你做出了巨大贡献，
提升了我在世界上的名声。
不要说我的女儿克勒吉凯，
就是连我也献给你都不算过分。

“我的女儿克勒吉凯，
她的嫁妆还没有备齐。
按照婚姻的习俗，
我要把她的嫁妆准备整齐。
我的孩子赛依特，
请你多留几天，不要着急。

“我只有一个女儿，没有儿子，
这是我做汗王的一个遗憾。

一想起自己未来的孤独，
我的心像火烧般难过。
如今你成为我的女婿，
我的心终于安定坦然。

“赛依特，你是知道的，
哈木茹特和夏克木茹特，
曾经是我依靠的大力士。
你的大力士阔克布卡，
已经把他俩置于死地。

“我的女婿，
你是知道的，
虽然我身为汗王，
没有一个大力士在身边，
作为汗王我心中怎安！

“我的眼珠，
我向你请求，
喀拉朵最小的儿子，
你把他留在这里吧，
让他在我身边把我陪伴，
我要教诲他成人。
我不会让他随心所欲，
对你不恭，反抗逞能。”

苏来玛特苦苦恳求，
说得天花乱坠，天衣无缝。
他是汗王，
如今又成了岳父，
没有人觉察他的恶毒用心。
对于他提出的要求，
赛依特怎能不从。

为了博得岳父的欢心，

赛依特痛快答应了。
本来捏着一把汗的苏来玛特，
顿时喜出望外格外开心：
“我对你十分满意，
我的孩子！
你使我高兴，
你尽了贤婿的责任。”

狡猾该死的苏来玛特，
他心怀鬼胎，阴险恶毒，
他留下喀拉朵的儿子，
就是想加害英雄赛依特。
他想鼓动喀拉朵的儿子，
纠集有仇的巨人联合攻击赛依特。

唉，赛依特毕竟还年轻，
没有觉察到伪善者的心思。
上当受骗的赛依特，
我怎么说他才好呢！
他的这一轻率举动，
不知会酿出怎样的灾祸。

苏来玛特经历过很多事情，
一直靠阴谋达到目的，
他诡计多端，不择手段。
他欺骗百姓，不管民众死活，
将自己养得膘肥体壮，浑身肥肉。

自从戴上王冠以来，
许多人的骨头，他都啃过。
他见风使舵，阴险善变，
心里藏着许多毒计，面善心毒。

勇士赛依特办事轻率，
把喀拉朵的儿子，

给了心怀鬼胎的苏来玛特。
对远道而来担负的任务，
年轻的雄狮欠点儿深思。
对送出喀拉朵的儿子这样的事，
他过于轻率，缺少心计。

出发前父亲凯耐尼木为他送行，
临行前对儿子反复叮咛：
“此去你要把敌人消灭干净，
不能对敌人存有仁慈之心。”
凯耐尼木这位“黄脸死神”，
九岁出征如今已经年迈，
身经百战杀死过无数恶魔和巨人，
是位见多识广的英明汗王。
他说的话都是智慧的结晶，
晚辈们怎能不牢记在心中。

临行前凯耐尼木的嘱咐，
赛依特没有完全牢记。
黑心肠的苏来玛特使了诡计，
让赛依特把喀拉朵的儿子，
不假思索地留在苏来玛特身边，
这世界又多了一桩迷惑人的怪事。
从此玛纳斯后代的故事，
更多了几分扑朔迷离。

苏来玛特脸露微笑，
心里十分得意。
他庆幸赛依特年轻无知，
未识破他精心安排的妙计。
他心中乐滋滋地充满了希望，
好像他的世界又有了根支柱。
他觉得喀拉朵的儿子，
是赛依特送给他的最好彩礼。

他带着喀拉朵的儿子，
径直进了宫中。
他对大臣和女仆们说：
“你们都出去吧。”

他把门从里面扣上，
注视着赛依特送的这份彩礼。
开始与喀拉朵的儿子密谋，
妄图实现他的阴险毒计，
他的话语里充满了蛊惑和煽动。

“喀拉朵的身后，
现在只留下你唯一的后裔，
我把心中的秘密告诉你。
从嗜血的魔鬼赛依特那里，
我特意把你要了回来，
是为了保住你的性命，
也圆了我的一个梦想和心意！

“骚扰无辜百姓，
劫掠良家妇女，
你的父亲是有罪的。
可是你的母亲和你的兄长，
到底有什么罪过？

“喀拉朵是我的朋友，
竟被赛依特杀死。
你想一想，我的小马驹，
如果我敌视你的父亲，
为何我不去抢回，
我的独生女克勒吉凯？

“喀拉朵是我的同辈，
他是个充满智慧的聪明人。
那时我相信总有一天，

他会和我重归于好。
我胸中有数，心神安定，
一直没有和他过招。
我相信我们都是同路人，
我耐心等待着你父亲回心转意。

“谁料嗜血的赛依特插手，
无情地把你父亲杀死。
我的知心朋友，
就这样悲惨地离开了人世。

“喀拉朵是一位力大无比的勇士，
竟被说成是无恶不作的恶魔。
不让他安生，要了他的命，
一家人里，只有你还活着。

“我用脑袋担保将你救出，
保护你的是我，
养育你的也是我，
你就是我的孩子！

“嗜血的魔鬼赛依特，
几乎把你的家族灭绝，
是他让你遭受巨大的悲苦。

“他赶着你去了很多地方，
把你的脖子用铁链锁住，
如果没有你，
他们就不会打开青坟墓。
他们不但不为此感谢你，
还让你驮石头做苦力，
将你百般折磨。

“如果没有我，
赛依特不会将你放过。

他还带来两个流浪汉，
把你父亲的两个美女抢夺，
竟然把她们嫁给两个奴仆。
他们三人结成一伙，
继续对你进行非人的迫害，
想到这些我怎能不伤心难过！

“他们不相信上天，
对我们的信仰不屑一顾。
嗜血者玛纳斯是柯尔克孜的汗王，
你身边的赛依特正是他的后裔。
赛依特的亲生父亲是凯耐尼木，
你可怜的爷爷，
过世的克孜勒阿勒普，
连同他的七个巨人朋友，
就是被赛依特的父亲凯耐尼木杀死。
使你们两代人都成了孤儿，
像丧家犬一样四处流浪。

“玛纳斯家族用血洗着手，
你身边的赛依特，
就是他们的儿孙。
我把所有的事都讲出来了，
你要明辨事理，报恩复仇！”

喀拉朵最小的儿子，
听明白了苏来玛特的话语，
他目不转睛地看着苏来玛特。
心中埋下了复仇种子的孤儿，
像得了一场伤寒似的，
整个身体都在发抖。
眼里流着泪水，
无法将自己控制。

“我以前没有想到，

我的汗王啊，
如果是这样的话，
从一开始就该将他消灭！
你的福星照射到我，
我的汗王，
我的命被你解救！

“这个赛依特的根底，
在这之前我不清楚。
原来在过去的战争年代，
是他的祖先制造了灾祸。
我的祖宗六代人，
都是被他们吞没。

“从今天起，
你就是我的父亲，
我是你膝下的儿子。
请允许我为你效劳，
我愿为你赴汤蹈火，在所不辞！

“那个小子赛依特，
原来是豺狼恶魔的后代，
他的祖先犯下了不少罪过。
不少人等待着向他们复仇，
咬牙切齿的人很多。
仇恨他的人，
世界各地到处都有。

“我要周游世界，
把巨人们的后裔寻找。
我们联合起来施展本领，
彻底歼灭赛依特这只恶狗。
让柯尔克孜收敛，
折断他们的这根支柱。
让凯耐尼木雏儿的舌头，

像水一样冰凉。
让他血洒黄沙，
有来无回，片甲不留！

“天下很多种本领，
母亲教会了我，
作战时不会犯愁。
我会变成鱼儿，
钻入水中畅游；
我会变成鸽子，
展翅飞上天空。

“无论多高的山，
都无法将我阻拦。
一个月的路程，
我只用一天时间，
来去无忧！

“我年少的性命，
承蒙你搭救，
我宁愿为你去死！
我要鞍前马后为你效劳，
不惜性命为父兄们复仇！”

听了喀拉朵儿子的话，
苏来玛特增强了必胜的信心，
他意味深长地开了腔，
阴险的计划原来早已预谋在胸。

“巨人的儿子心智聪慧，
我已经没有了遗憾，
对你一百个放心。
我要对你讲很多人的情况，
你要背熟牢记在心。

“如果有一望无际的海水，
如果有高耸入云的山峰，
那些都不能把你阻挡，
跨山渡水是你的本领。

“我要派你去寻找，
那些能对抗柯尔克孜的英雄。
展开你的翅膀，勇敢地去吧，
飞向日落的西方，
去寻找七个巨人的后代英雄。

“凯耐尼木曾经歼灭的巨人，
都是骏马驮不动的巨人，
他们留下了一群不凡的后人。
著名的英雄苏尔麦尔干，
枪枪能射中对手的眼睛。
你要找到他的儿子，
把我们的意图好好向他说明。

“大河那边的苏麦尔干，
武艺和胆略远近闻名。
他曾是百发百中的神枪手，
他曾是超群出众的英雄。
他的儿子现在也还健在，
你要去把他找寻。

“在阔依卡普山中，
在阿依吐木什的部族中，
有阿克木和夏克木两个巨人，
他俩是非常出名的英雄。
现在还有他们的后裔，
你要去和他们结成联盟。

“骑着黑色骏马的哈勒别克，
与他对峙的英雄，

能活下来是一件很难办的事情。

“在与凯耐尼木角逐的战斗中，
哈勒别克不幸丧命，
他的儿子卡勒恰，
是了不起的大力士，
像他的父亲一样出名。
你也要去找到他，
把你的来意说清。

“骑着波孜恰尔马的波荣拜，
如果还没有到地下王国去，
就请他出征。
如果他不在了，
就请他的后裔踏上征程。

“长着秃鹫尾巴的克孜勒阿勒普，
是骏马驮不动的徒步巨人，
他的威猛天下闻名。
他留下来的喀拉朵，
是一位像祖先一样的英雄。
如今他不幸过世了，
留下了你这个巨人。
你身怀各种武艺，
正是与敌人较量的年龄。

“见到了六个巨人的后裔，
尽量对他们说一些好话，
讨得他们的欢心。
这里发生的事情，
你可以这样告诉他们。

“‘嗜血狂玛纳斯的后裔，
凯耐尼木的儿子赛依特，
来到了凯尔克提城逞凶，

他杀死我的父亲喀拉朵，
还有我的母亲和四位兄长，
只有我一人死里逃生。

“‘汗王苏来玛特无能为力，
独生女的婚姻都做不了主。
凯尔克提城的百姓，
也不完全听从他的掌控。

“‘大鹏神鸟原来在我们这里，
被赛依特抢去，掌握在他的手中。
青坟墓被他砸得粉碎，
其中的财富，
被他们抢劫一空。

“‘我们与他们搏斗，
无奈身单力薄，无法取胜，
苏来玛特派我给你们送信。
如果你们想起了自己的父亲，
就该为父亲报仇雪恨，英勇出征。

“‘在日落地方的边缘，
苏来玛特是威震一方的汗王，
一直与你们患难与共。
如今他的城市被洗劫一空，
他无奈嫁出了独生姑娘，
才好不容易保住了性命。
问一问你们能否出征，
襄助夺回汗王昔日的尊严，
显示先辈以往的荣光。’

“我派你去见他们，
你要把所有的事情告诉他们。
他们可能都不知道，
凯耐尼木的儿子赛依特，

现在就住在凯尔克提城。
千万不要让他跑了，
要抓住我们共同的敌人。

“我的女儿克勒吉凯，
如果他们中意，
其中的一个人可以娶她成婚；
阿勒特娜依和巧勒潘娜依，
那也是世上少有的美人，
不能让给不够资格的奴仆，
他们中的两个人也可以与她们成婚。

“如果谁战胜了赛依特，
就把青坟墓的宝石送给那个英雄。
如果谁能为我们报仇雪恨，
我会将世间罕见的财富向他拱手相赠。
我有作战时骑的出色的灰骏马，
我会打开宝库的大门，
把财宝和骏马，
都赠予战胜赛依特的英雄。

“如果你完成了所有的事情，
我要让你，头戴王冠，
坐在汗王的宝座上，
享受人间的尊贵与光荣。

“我不强求他们为我出征，
如果他们要替父辈报仇，
如果他们是有耻辱感的英雄，
他们就会争相参加这一神圣的行动。
如果他们愿意赴约出征，
就不要超过一个月的时辰。

“与我们交战的赛依特，
绝不是等闲之辈。

要动员所有的巨人与士兵，
谁也不要留下一个勇士，
要带领千军万马全部出动。
要像排山倒海的洪水一样冲来，
要从天上地下铺天盖地而来。
要让气势凶猛的英雄前来，
要让舔舐着嘴唇的雄狮前来。
要像燃烧着的烈焰一样扑来，
要像燎原的火海一样涌来。
要让队伍放枪射箭，
让子弹和箭矢像雨点般射来。

“勇士们的后裔，
一个也不要留下，
集合起来全部杀来；
生死相依的兄弟，
一个也不要留下，
汇合起来全部杀来；
侄子、外甥和后代，
一个也不要留下，
聚集起来全部杀来。

“擅长刺刀的武将，
不要留下来。
擅长铁锤的勇猛者，
不要躺在家里不来。
擅长巨斧的大力士，
擅长长矛的斗士，
摔跤时的常胜者，
一个也不要留下，
全部赶来作战。
充满智慧的能人，
不贪生怕死的勇士们，
精通各种武艺的英雄，
一个也不要留下，

全部都来参战。
不要说‘我没听说过’，
千万不要推诿！

“在你离开二十天的时候，
我会安排赛依特启程，
让他走进一片没有人烟的沙漠，
那地方的名字叫红沙漠，
你们就在那里将他围歼消灭。

“红沙漠没有涓涓流淌的泉水，
也没有人畜可以饮用的井水。
红沙漠没有草供牲畜吃，
那里炎热得让人窒息，
就像大火在熊熊燃烧。

“如果不利用那样的环境战胜他，
再没有可以对付他的良策。
如果不依赖红沙漠的恶劣环境，
单靠人力无法置他于死地。

“沙漠是巨蜥的故乡，
蝎子、壁虎、蟒蛇，
对人有危害的动物很多。
它们不喝水，
习惯了沙漠生活。
凡人进入沙漠后，
没有见活着回来过。
鸟中能生存的，
只有一种叫鸵鸟的在那里活着。

“当太阳照射到这片沙漠，
任何动物都不敢在上面涉足。
从早到晚，太阳灼热，
若把水壶放在地面水都能煮沸。

从来没有一丝凉风，
热得叫人连气都喘不过来。

“我料想这个赛依特，
肯定在那个沙漠中粉身碎骨。
赛依特骑的铁勒库荣，
没有水喝会干渴，
没有草吃会挨饿。
在难耐的酷热中，
在臭气熏天的环境中，
年轻的赛依特无法生存，
不战，他也会屈服。
我给他备用的水，
不会超过七日。
我会诱骗他在沙漠中迷路，
决不能让他从沙漠中走出去。

“三十天之内，
你要及时返回。
如果让赛依特走到有水的地方，
他会把你们的汗王和黎民，
不分年老和年幼，
统统杀戮，绝不手软。

“他的祖先玛纳斯是个嗜血者，
他的足迹踏遍了千山万水。
与他较量的多少英雄，
都没能从他的手中逃生。

“赛麦台依是个真正的男子汉，
拿下无数自以为是的英雄。
他击败了所有逞能的对手，
他消灭了害死玛纳斯的仇敌，
他的传奇故事至今被人津津乐道。
他从仙女中挑选出佳人为妻，

没有人能折断他的幸福树。
他没有死在敌人手中，
世上没有人能将他打垮战胜。

“他的儿子赛依铁克，
是骏马也驮不动的勇士，
赛依铁克九岁时出征，
讨伐节迪盖尔部落，
剪除了巨人克亚孜。

“赛依铁克的儿子凯耐尼木，
一次上阵就把七个巨人消灭。
他从九岁开始跨马出征，
‘黄脸死神’的绰号令人胆怯。

“嗜血者的后裔就是赛依特，
比他的前辈更加暴戾恣睢。
他们这些人，
受伤滴血时会变得更加勇猛，
身处逆境依然生生不息，
赛依特是比他的先辈更暴虐的恶棍。

“你去告诉所有的巨人，
让他们准备充分。
千万不要轻视敌人不带队伍，
千万不要单枪匹马出征。
如果我们让他越过沙漠，
他会猛烈地攻击我们，
我们将会在苦难之中丧生。
心里的恩怨不要轻易忘记，
勇敢地去吧，我的孩子，
争取他们全体一起出动！”

狡猾的苏来玛特把所策划的阴谋，
变成了小巨人的行动。

好像今天得到了世界的脊梁支柱，
自我陶醉，如痴如梦。

你可知道喀拉朵儿子的真相，
其实他比苏来玛特更加聪明。
上述的事情他都知道，
其实他比苏来玛特更加狡猾几分。

苏来玛特说的那些地方，
喀拉朵的儿子全部知道；
那些地方的情形，
喀拉朵的儿子了解得十分清楚；
汗王的宝座在哪个城市，
喀拉朵的儿子也都知道；
哪位英雄百姓喜欢，
喀拉朵的儿子也都知道。

勇士与大力士对峙，
最终谁会被拿下，
喀拉朵的儿子，
全部知晓；
苏来玛特的行动计划，
胜算与失算，
利益和弊端，
喀拉朵的儿子，
全部知道；
正面与反面，
趋利和避害，
喀拉朵的儿子，
清楚地知道。

听过一遍的话语，
喀拉朵的儿子，
能一字不漏地背熟；
每一句话分析千百次，

喀拉朵的儿子，
能领会其中的微妙；
从话语中探明对方的用意，
看出暗藏的阴谋诡计，
喀拉朵的儿子，
知道其中的各种花招。

哪些该往好的方面讲，
哪些该往坏的方面讲，
哪些该长话短说，
喀拉朵的儿子，
了解各种门道；
怎么粗声地讲，
怎么和气地讲，
对无智者怎样大声呵斥，
对有智者怎样因势利导，
喀拉朵的儿子，
知道其中的技巧；
假装高兴，哈哈大笑，
暗中使坏，笑里藏刀，
喀拉朵的儿子，
无一不晓。

说好话能让人心疼，
说坏话还让人发出笑声。
抓住机会对人讥讽，
想方设法又让人欢欣。
说实话让人同情，
说明话让人绝望，
说真话让人感动，
喀拉朵的儿子，
都能做到。

像狐狸一样摇头摆尾，
变着法子百般献媚。

言过其实地夸赞英雄，
强装笑脸，皮笑肉不笑。
内心藏着仇恨，
却甜言蜜语投其所好，
引诱对方讲出心里话，
喀拉朵的儿子，
各种伎俩十分通晓。

什么样的诡计，
都难不倒喀拉朵的儿子。
他在各方面都很小心，
心里的恩怨不会轻易忘掉。

该死的喀拉朵的儿子，
变成鸽子，
飞向阔依卡普山。
去寻找仇视玛纳斯子嗣的人，
传递苏来玛特的消息，
将罪恶的阴谋制造。
要完成这样的行程，
他给自己限定了六天时间。

我们扭转话题，
再诵唱英雄赛依特的红沙漠之战。

红沙漠之战

苏来玛特诱骗赛依特走进红沙漠

心里揣着鬼主意，
对自己的独生女，
也没有一点儿父爱。
汗位上的苏来玛特，
在夜里细细盘算着，
喀拉朵小儿子行程需要的时间，
常常半夜难以入眠。

“这样重要的行程，
我不能不记在心里。”
他说着数着，
算计着时间和路程。
“要让强敌赛依特，
五天后启程，
正好在预定的时间到达红沙漠。”

他向臣民发号施令：
“驮食物的红色单峰骆驼，
牵来十多峰，
驮着食物和财宝，
还有各种衣物和用品，
准备安排女儿启程。”

到了快启程的时候，
英雄赛依特——年轻的雄狮，
把阔克布卡和杰提力拜，
巧勒潘娜依和阿勒特娜依，
叫到了自己的身边。
与众人聚集在了一起，

商量着以后的事情。

他将喀拉朵宝库中的金银，
已分给了贫困百姓，
剩下的一些银子和金子，
也都分给了身边的人。

让阔克布卡和杰提力拜，
娶了心上人，称心如意。
赛依特和他们真诚谈心，
让他们返回古都斯和巴格达特城。
赛依特与他们握手告别，
亲自为他们送行。

此时杰提力拜和阔克布卡开言：
“赛依特英雄，
我们的雄狮，
如果需要我们出力，
我们甘愿为你效劳一辈子！”

因娶到了心上的美女，
各自的心情都非常欢喜，
杰提力拜把杰尔得骏马作为礼物，
送给克勒吉凯乘骑。

两面三刀的苏来玛特，
又来到了赛依特的面前。
尽管心里不怀好意，
脸上却看不出有异样的表现。
他假惺惺地发出笑声，
油嘴滑舌地对赛依特开了言：
“你和我的克勒吉凯，
是点亮我生命的明灯。
我祝愿你们白头偕老，
我真诚地祝福你们，

直到我长眠于地下不醒。

“赛依特，你成为我的女婿，
是我苏来玛特的荣幸。
把女儿嫁给门当户对的英雄，
四方会传扬我的英名。

“你们一个是月亮，
一个是启明星。
你们是我头上的王冠，
你们是我的财富、幸福和前程。
我衷心地祝福你们俩，
相亲相爱，相敬如宾。

“我将要垮掉的汗位，
是你帮我扶正，
在我年迈的时光，
你让我的声誉家喻户晓，
你为我的汗室增添了光荣。

“你不愧为玛纳斯的后裔，
你为我建立了不朽的功勋。
你不是负心的女婿，
我在这里再给女儿交代，
其实是一件多余的事情。

“你的故乡遥远，
明天早晨早一点出发，
让我的百姓送你们启程。
我的孩子，
两天后，请你劝回送行的人。
如果陪你们到塔拉斯，
他们会太疲乏，
难以返程。

“前面是条抄近的大道，
走这条路不会疲惫劳顿。
赛依特、克勒吉凯，
剩下的路你们自己走，
祝你们平安，一路顺风。”
苏来玛特装作真诚，
脸上露出哭一样的表情。

听说赛依特要走了，
老老少少纷纷赶来送行，
到了启程的时辰，
人们不约而同涌向街头，
与他们握手道别，
祝福他们一路顺风！

好心肠的克勒吉凯，
执意要带上阿布勒和他的母亲。
按照苏来玛特所指的近路，
朝着荒无人烟的沙漠行进。

离开城市行走了两天，
快到红沙漠的时候，
赛依特想起苏来玛特的叮咛，
让送行的人按时踏上归途。

当赛依特出发的时候，
苏来玛特赠送了不少金银。
为了不让岳父伤心，
赛依特勉强接受了这些金银。
现在他把驮来的珠宝金银，
分发给一路送行的人们。

把十峰骆驼分成两组，
选了两匹中意的好马，
给了阿布勒和他的母亲。

让他们骑上健壮的骏马，
披上昂贵的长袍与自己同行。

一行人不停地走着，
朝着荒无人烟的沙漠前行。
让人受不了的火热，
使人的脑浆沸腾的热浪，
慢慢向他们降临。
前面是一望无际的干涸沙漠，
火红的流沙映入他们的眼睛。

在汗宫的苏来玛特，
从送行回来的人那里，
得知赛依特他们已向沙漠挺进。
他从座位上蹦跳起来，
兴奋得嘴里直哼哼。

他像一只喜鹊叽叽喳喳，
直奔老伴而去，
好像老婆生了个男孩似的，
心情舒畅，满脸笑容。

克勒吉凯的母亲，
对其他事不问不管，
她独自披着衣裳，
眺望着遥远的天边。
那里路途遥远，
人地生疏的可怜女儿，
将如何在那里生活。
不知这一辈子，
是否还能和心爱的女儿再见面？
她整天心事重重，愁眉不展。

苏来玛特开怀地哈哈大笑，
连蹦带跳地来到老伴跟前，

得意的心情抑制不住：
“你不要忧伤，
只要巨人的儿子平安，
就会带回你的女儿克勒吉凯。
我保证你们母女团聚，
保证让你心满意足。”

赛依特将要去的地方，
是没有人烟的红沙漠。
那里笼罩着让人脑浆沸腾的炎热，
比这厉害的事情还有很多。

当太阳落下黄昏降临，
晚霞射出万道光芒，
沙漠里的滚烫热气喷出，
吹到脸上像火烧一样。

没有一丝风，
红色的沙漠翻腾着，
犹如红色的烈焰喷涌一样。
没有呼啸的风，
闷热得让人喘不过气，
飞扬的热浪滚烫滚烫。

哦，一望无际的茫茫沙漠，
雄鹰飞去也会迷失的沙漠，
斑马去了也会迷途的沙漠，
蹄子被烫得待不住的沙漠，
秃头的人会灼伤了顶的沙漠，
迷路的人去了会丧命的沙漠。

炎热寂静的荒野，
一望无垠的荒滩。
火热的沙漠，
红沙随风游移的沙漠。

蝎子、壁虎、乌龟，
任意横行的沙漠。
巨蜥和蛇混在一起，
随着沙包流动的沙漠。
吸血的四脚虎，
自由生活的沙漠。
泛着红灰色的光影，
变幻莫测的沙漠。

没有人活着走出去，
这种要命的沙漠。
走进去的人，
会陷到膝盖的沙漠。
历来都是走投无路的人，
硬着头皮深入其中的沙漠。

没有人平安返回，
被滚烫的热气包围，
遭人们诅咒的沙漠。
来者必遭灾难的沙漠，
来者必死无疑的沙漠。

汗王们也曾误入其中，
全部死亡无一生还的沙漠。
有多少头戴皇冠的人，
神秘失踪的沙漠。
诸多英雄走进来，
全部被吞没的沙漠。
让人有来无回死路一条的沙漠。

冬季和夏季都同样，
没有一丝风吹来的沙漠。
如果突然刮起大风，
流沙会埋没一切的沙漠。

骏马无法逃生，
咧着臼齿，露着肋骨，
横七竖八躺着的沙漠。
被埋没的英雄的尸骨，
堆积如山的沙漠。
残忍的野兽、魔鬼们，
尽情玩耍过的沙漠。

年轻的好男儿赛依特，
走进的就是这个有来无回的红沙漠，
蛇蝎心肠的苏来玛特，
指给他的就是这条绝命的路。

在那炎热的沙漠里，
除了马匹外别无帮助。
年轻的赛依特整整走了九天，
一心想从这里走出去。
不但没有走到边缘，
反而越走越深进入沙漠腹地。

阿布勒母子和克勒吉凯，
行进在炎热的沙漠中，
似乎世界末日已到来。
坐骑舌头伸得长长的，
几乎垂到自己的膝盖。

干涸的嘴唇已经裂开，
口渴得实在无法忍耐，
因为缺水，眼睛都已凹陷。
口干得使人喘不过气来，
汗流满身越来越难受，
炎热的沙漠如同火海。

食物快要用尽，

他们已陷入困境。
谁也想不出什么办法，
都感觉到已经山穷水尽。

此时前面突然出现一棵大树，
这里的名称叫作巴兰地，
树下有很大的树荫。

他们取下马背上的褥子，
在巴兰地的树荫下吃点食物歇息。
“我们可以走出去了。”
他们信心十足地忙碌着。

就在他们忙碌的当儿，
我们把话锋转一下，
唱唱别的事儿。

喀拉朵之子撺掇宿敌围攻赛依特

汗王苏来玛特说情要人，
把喀拉朵之子留在身边。
这个该死的魔鬼之子，
将让赛依特遭受非人的磨难。

喀拉朵的儿子扇动翅膀，
一个月的路程仅用了一天，
他身怀绝技，身手不凡。
他从凯尔克提起飞的那天，
到达阿依吐比[1]，
来到舒克舒尔玛[2]的庶民中间。

喀拉朵之子先是变成一只鸽子，
到达目的地的上空时，
化作一滴水银，
落在了舒克舒尔玛汗王的面前。

他一五一十地，
向汗王转达了苏来玛特的意愿：
"如果你有英雄的荣辱感的话，
快去为你父报仇雪恨，
否则你会失去尊严，
也得不到苏来玛特答应的条件。"

性情暴烈的舒克舒尔玛，
当听到凯耐尼木的儿子的名字时，
他气愤得浑身颤抖，
脸色变得十分难看。

[1] 阿依吐比：地名，意为月亮跟前。

[2] 舒克舒尔玛：人名，阿依吐比汗王阿依吐木什之子。

“他是不是想来找死，
他是什么东西，
难道不知道我的手段！
我对你的汗王很满意，
如果不告诉我就让他走了，
我不会让你的汗王白活在世间！

“赛依特已经进了有来无回的红沙漠，
这正合我的意愿，
我要让他的血四处飞溅！”
恼怒的舒克舒尔玛，
立即盘算出发的时间，
向属下下达了进攻的命令。

舒克舒尔玛的坐骑，
是一头六个角的大公牛。
他穿上青色铁衣，
急急忙忙地跨上了牛鞍。
这头野兽率领聚集的三万精兵，
朝着红沙漠急行。

喀拉朵之子又来到，
苏克坦玛的领地。
这地方有条大河横穿，
流淌的河水哗哗作响。
喀拉朵之子在傍晚时分，
像一块陨石从天而降。
苏克坦玛正躺在宝座上，
他向苏克坦玛这样讲述。

“赛依特来到了凯尔克提，
他就是杀害你父亲的凯耐尼木之子，
你却在这里高枕无忧。
你若是你父亲的亲生孩子，
这时候如果不去报仇，

你就钻到地下去吧!

“我还告诉你一个消息,
苏来玛特的独生女克勒吉凯,
作为战利品被他抢走,
这时,他已进入了荒无人烟的红沙漠。

“舒克舒尔玛是条好汉,
他早已动身去追赶。
你却在此尽情享乐,
如果我不给你送信,
怕老天爷也不会将你饶恕!
汗王苏来玛特在凯尔克提,
与大家商量将赛依特征讨,
让我来请你共同行动。”

这头性情暴躁的野兽,
一直打听不到赛依特的踪迹,
此时兴奋地说道:
“你瞧,赛依特偷偷来到日落的地方,
强娶那里的美女。
因为害怕我的暴烈,
正在连夜逃跑返回家乡。
我决不让他回到故乡,
这一回定要报仇雪耻!”

他脸色发青,
怒气填胸,
过去耻辱的事恍如幻影,
一一在眼前浮过。

这头野兽立刻通告全体百姓,
率领八万兵马,
浩浩荡荡地向红沙漠挺进。

他好像要吃人似的，
腰间缠绕着粗壮的铁索。
他骑着杰力玛扬骆驼，
心中燃烧着复仇的怒火。

“你等着瞧，
不要说赛依特，
连同凯耐尼木，
我也不会放过，
就是柯尔克孜的王城，
我也要将它据为己有！”

他不停地责怪喀拉朵之子：
“赛依特在凯尔克提的时候，
为什么不早告诉我！”

阿克木的儿子阿克拜巨人，
夏克木的儿子沙提凯，
是出了名的两个巨人，
住在卡依普山的山壁上。
喀拉朵之子飞临他们的上空，
在阳光下看见了他们，
两个人正坐在汗位上。

喀拉朵之子隐蔽前行，
突然出现在他俩面前：
“阿克拜和沙提凯，
尊敬的两位巨人。
人们听到你们的名声，
对你们都很尊重。
苏来玛特捎来一句话，
我郑重地讲给你们听。

“‘黄脸死神’的后裔赛依特，
来到日落的地方横行。

凯尔克提的汗王担心你们埋怨，
派我来给你们送信。
他说你们俩若像父亲一样勇敢，
就要为自己的父亲报仇雪恨。

“我的父亲、母亲和四个兄长，
无端地惨死在赛依特之手。
青坟墓被他打开，
墓中的宝物被一袋袋取走。

“赛依特还在人群中散布：
‘如果七个巨人的后裔还在，
我要把他们都歼灭，
一个不留！’
他竟然夸下如此海口。

“苏来玛特的女儿克勒吉凯，
赛依特强娶占为己有。
阿勒特娜依和巧勒潘娜依，
两位美女本来归我父亲所有。
他却带来两位奴仆，
也将她俩强行娶走。

“说实话，勇士，
如果你们前去的话，
阿勒特娜依和巧勒潘娜依，
你们最有资格把他们娶走。

“不管你们去不去，
我还要去卡勒恰巨人那里。
如果我不给他送信，
他定会埋怨又生气。”

阿克拜和沙提凯听了以后，
发出了愤怒的呼喊，

他命令自己的士兵立即跨马出征，
将自己的部落推进了火坑。

他俩战胜过许多强悍的英雄，
让对手遭受无尽的苦难。
在无路的地方开辟道路，
率领大军到处进犯。
他们曾经摧毁多少城郭，
横行霸道是他俩的本色。

两头野兽让卫士鞴好骏马，
把冒着寒光的兵器挎在腰间。
他们怀着满腔愤怒和仇恨，
马不停蹄地杀向红沙漠，
率领的士兵至少有八万。

周游世界各地，
已成为喀拉朵之子的习惯。
他又在天空腾云驾雾，
来到卡勒恰汗王的领地上面。

在阔依卡普山的山壁上，
居住着高枕无忧的卡勒恰汗，
喀拉朵之子变成雨点落下来，
站到卡勒恰汗的面前。

按规矩弯腰行了礼，
小巨人眼里泪水涟涟：
“我要向你倾诉心里的苦衷，
我千里迢迢，
前来寻找尊贵的汗王。”

他把自身的经历和苏来玛特的话，
滔滔不绝，添油加醋，
一股脑儿地告诉了卡勒恰汗。

又把其他人发兵的消息，
吹向卡勒恰汗的耳畔。

“如果你要前去和他作战，
定要为父亲把血债讨还。
把美女克勒吉凯当战利品带回来，
让我娶她为妻，
夺回我失去的尊严。”
他在苏来玛特的话语中，
掺入了自己的意愿。

“日落西方的众巨人，
过去归哈勒别克汗王掌管。
如今你卡勒恰是唯一的汗王，
所有的部族都归你统管。

“我去过的那些地方，
已把你的命令递传。
苏克坦玛和舒克舒尔玛，
阿克拜和沙提凯，
我已让他们率兵先去作战。
我已把你的名声，
向天下人传颂。

“嗜血狂玛纳斯的后裔不好对付，
我们施计把他蒙骗。
他被诱入了荒无人烟的红沙漠，
你要在那里和他交战。”

脾气暴烈的卡勒恰汗，
听了小巨人蛊惑的语言，
气愤得毛发耸起，
好像要把头顶的铁盔刺穿。

以前他就策划着，

带上兵马去与柯尔克孜人交战，
讨伐玛纳斯家族，
用血洗净父辈的仇怨。

他喘出的粗气能把石头击穿，
他眼里冒着复仇的火焰。
仇恨让他不洗脸不吃饭，
心中翻腾着复仇的波澜。

“不要说是凯耐尼木的儿子，
就是魔鬼来也挡不住我要出战！
我还要继续前行，
穷追猛打去把凯耐尼木消灭，
让‘黄脸死神’的名号消失于世间！

“把六十个部落的阿拉什化为灰烬，
这样才能消除我心中的愁烦。
把柯尔克孜的后代斩尽杀绝，
让柯尔克孜的名字消失在世间，
这才是我人生的夙愿！”

他暴跳如雷，大发雷霆，
无人敢面对他那发红的双眼。
卡勒恰在阔依卡普的百姓中，
召集了士兵十万。
先期出兵的巨人们也听从他的命令，
他以排山倒海之势威武出战。

喀拉朵巨人之子，
又转向另一个方向联络求援。
地底下的波荣拜，
他知道不会轻易出来，
于是又来到自己部落的百姓中间。

从克孜勒阿勒普的百姓中，

不分男女又招兵十万。
因为惧怕巨人暴躁的脾气，
百姓不得不跟随出征参战。

前后行进的队伍，
都集结在一个地点。

强悍的巨人后裔，
一个个手握红色的旌旗，
从西边扬起的灰尘遮天蔽日。
喀拉朵的小儿子，
化作一只鸽子在前面带路，
复仇的巨人们要与赛依特决一死战。

这头该死的小野兽，
心里记着三十天的期限。
他带领众多兵马赶来，
一点儿都没有超过约定的时间。

握着旌旗的苏克坦玛，
是一条无人能敌的好汉，
在炎热的沙漠骆驼最能吃苦，
无数士兵骑着骆驼征战。

骑着六角公牛的舒克舒尔玛，
眨着睫毛，瞪着双眼，
气色像乌云密布的阴天。
他统率的兵马，
在身后扬起滚滚尘土，
气势汹汹，无人可以阻拦。

阿克拜和沙提凯是好兄弟，
枪膛里装满了子弹，
“我们要替父亲报仇！”
像两条蟒蛇一样呼啸着，

似乎要把整个世界吞咽。

他们胯下的犀牛，
受不了炎热，气喘连连。
率领着八十个旗帜的兵马，
身后扬起红色尘烟。

手举着八十面旗帜，
神气十足，来势汹汹，
是哈勒别克的儿子卡勒恰汗。
山一样的身躯像父亲一般，
性情暴烈，气势非凡，
出发时就立下了誓言。

“我要替父报仇雪恨，
给赛依特降下灾难，
让他的血像洪水一样流淌，
溅洒在干涸的荒原！

“我要率大军杀向柯尔克孜的领地，
把凯耐尼木和他的勇士全歼，
把白毡帽的柯尔克孜踩在脚下。
我要让凯耐尼木和赛依特，
从人们的记忆中消失！
让他们粉身碎骨灰飞烟灭，
实现我多年的夙愿。”

显赫的卡勒恰汗，
稳坐在阔克阿拉马背，
脸上凶相毕现，
像沙漠里一团滚热的火焰。

他肩扛着巨大的铁锤，
重量足有千斤。
他遇上对手从不厌战，

与他交锋的人无一生还。

他率领着浩荡的队伍，
不在乎炎热沙漠的艰难。
兵马身后扬起的沙尘，
变成尘雾四处蔓延。

飞腾的红沙直冲云霄，
把一块块云朵击成碎片。
气势汹汹的洪流，
好像要让天塌地陷。

卡勒恰汗有备而来，
让一万峰骆驼驮着水，
准备得十分周全。
阿克拜和沙提凯，
选派万名能飞的大力士，
一个月的路程只用了一天。
让他们驮着足够的水，
足以应付数万人作战。

喀拉朵儿子的队伍，
苏来玛特答应供给水源。
苏克坦玛和舒克舒尔玛，
带着充足的水，
队伍整齐威严。
士兵们中途没有下马，
急切地奔向与赛依特拼杀的红沙漠中间。

年轻的赛依特，
好小子，
他手持千里眼，
望着前方的情景。
他知道了，
将要发生的十分凶险的事情。

一面旗帜，
五万人，
他已估算出了人数，
总共有五十万人前来讨战。
年轻的雄狮见到喀拉朵之子的身影，
想起了父亲一字千金的赠言，
心中好似波涛翻卷。

“‘不要同情战败的敌人，
同情敌人等于要了自己的性命！’
我忘记了父亲的叮咛。
苏来玛特向我要人，
我实在不该答应。
我哪里知道他深藏的祸心，
如今陷入了他设的圈套之中。

“‘你要经过的路就是这条’，
原来早在苏来玛特的圈套之中。
召集来自日落方向的这些强敌，
企图将我们尽歼在红沙漠之中。
如果我是一个人也无关紧要，
身边的三个人，若是被夺去性命，
就会给我的祖先和父亲丢脸，
我不能在世人中留下这样的坏名声。

“我要迎着敌人冲杀过去，
我要独自去拦住他们！
没有听老人的话，
才会有今天的处境，
没有心计的我，
不该在世上生存。

“给我力量和勇气的百姓不在身边，
与我为伴的阔克布卡和杰提力拜，

现在也没有他俩的音讯。
如果我怀着遗憾死在这片荒漠中，
没有一个来寻找我的亲兄弟，
没有一个为我痛心的家人，
也没有悲痛哭泣埋葬我的人。

“如果我死在这里，
我在家乡的宝座将会废弃。
如果我死在这里，
没有人知道我葬在哪里。

“苍天啊，
把烈焰放进了我心里。
这里的壁虎和巨蜥，
将争食我的尸骨，
会把我的眼睛吞下去！

“这个让人留恋的世界啊，
毁灭了还年轻的赛依特，
没有活到二十岁的我就这样死去，
我还未孝敬我的父亲和母亲。

“英雄的祖先玛纳斯，
我没有为你祈祷，
没有听父亲的叮嘱，
我将遗憾地离去。

“如果绮妮凯母亲在我身边，
我会听到她痛苦的哭声。
我多么不幸啊，
我还不到二十岁，
怀着遗憾死去，
我怎能就此甘心！

“慕士塔格阿塔，

我的肚脐血滴落在那里。
那里有宽阔的高山草场，
草原高处有片片葱绿，
难道我再不能见到你？

“人们度过夏天的节提托尔牧场，
玉曲阔绍依的盆地，
像母亲一样哺育我的那片神奇土地，
难道我不能返回再见到你？

“难道我成为短命人，
活不到生肖的两个轮回就死去？

“克孜勒苏河水哗哗流淌，
我还有沿着河边行走的那一天吗？
在托尔提阔勒湖的下方放鹰抓鹅，
我还有在那里展示本领的一天吗？
我的祖先玛纳斯建造的色尔城，
我还有在那里玩耍的一天吗？

“巴尔阔勒湖的对面，
巴卡依老人建造的房屋，
我还有在那里悠闲生活的一天吗？
我正是激情燃烧的年华，
难道我就这样死去吗？

“在克尔沁杜的边缘，
在吐孜布拉克的山冈，
拉上绳索拴上小马驹，
在那里愉快地生活，
我还会再有吗？

“在卡妮凯高祖母宫殿的对面，
玩刁羊，骑着马驹飞奔，
那样畅快欢乐的一天我还会有吗？

难道这些可恶的仇敌，
就这样让我彻底灭亡？

“阿依曲莱克曾祖母的塔尔马勒撒孜，
是快马奔驰的好草地，
是每逢盛典举行赛马的好地方，
是牧民们的好牧场，
我还有见到那一切的一天吗？

“阿勒腾布拉克的胡杨林，
哈拉峻的柳树林，
加勒格孜布拉克的梧桐林，
乔克里的红柳林，
那里是放飞鹰隼狩猎的好地方，
我还能回到那里，
度过无忧无虑的日子吗？

“我还是刚会飞的雏鹰，
如果就这样死去，
有谁为我哭泣？
我没有兄弟姐妹，也没有子嗣。
我没有听从父亲的叮嘱，
惨遭这样的杀身大祸，
愚蠢的我真是罪有应得。

“如果父母得不到我的消息，
定会十分悲戚。
如果我在这里悲惨地死去，
克勒吉凯会悲伤地哭泣。

“克勒吉凯有女性的脆弱，
她会成为战利品吗？
黑心肠的苏来玛特，
是否已为她物色另一个男人？

“克勒吉凯对我痴心一片，
她是为我而生的，
她不会接受另一个男人，
她会为我而殉情死去。

“不论好事还是坏事，
我和克勒吉凯会一起承担。

“阿布勒和他的母亲，
他们俩今天可怎么办？
他们跟随我一起来到这片沙漠，
如果同我一起死在沙漠，
连累他们的责任我怎么承担？！

“阔克布卡和杰提力拜，
与我出生入死，情同兄弟，
临别时难舍难分，情真意切。
如果我孤寂地横卧在荒野，
他们会绝望地坐在荒漠，
向着西方悲愤地为我哭泣，
壮士的哭声会让山岳震动。

“在这死气沉沉的沙漠上，
没有云朵停留在上空，
没有一滴雨滴落在地上。
这样的干渴我能忍受，
四十天的饥饿我也能忍受，
而骏马会渴得跑不动。

“到那时孤立无助的我，
无力将众多强敌战胜。
我的战袍和兵器，
会被丢弃在沙漠无法找寻。
百里挑一的铁勒库荣，
会成为敌人的战利品，

那样还不如让我早一天牺牲！

“克勒吉凯是我一见钟情的爱妻，
不久前我才和她正式成婚。
世界末日仿佛在我们头上降临，
难道我在天神面前犯下过罪行？

“我身后没有继承人，
我的战袍没有人珍惜。
我的神枪会丢失，
没有人托在手上对敌射击。

“我的铠甲会被丢弃，
我的铁盔和盾牌会在沙漠中生锈。
我的月牙斧和腰刀，
作为缴获的战利品，
将会挂在谁的腰间？

“我没有兄弟子嗣，
世间谁会握着我留下的旌旗？
我的名字会被忘得干干净净，
我曾经为之奋斗的事迹不会再有人提起。

“我深知没有兄弟子嗣的悲痛，
圣明慈悲的苍天啊！
不要再让其他人和我一样，
年纪轻轻就离开了人世。

“对独生子的我来说，
克勒吉凯啊，
我们实在不应该逞英雄来到这里。
克勒吉凯啊，
如果我死了，
阿布勒还有他的母亲，
会和你一起痛苦落泪伤心不已。

"我的岳父陷害我，
把喀拉朵的儿子要过去。
黑心肠的苏来玛特，
要将我置死于沙漠，
要将我的名字在人间抹去。

"克勒吉凯啊，
你毫无人性的父亲，
他想设计害死你的夫君，
他要把铁勒库荣和你，
作为战利品送给别的男人！

"克勒吉凯啊，
阿布勒还有他母亲，
我怎能将你们忘记？
我将你们丢弃在死亡线上，
作为英雄却无力搭救，
这让我痛苦万分！
我即使死了，
灵魂也不能安息！

"人既然出生了，就会死去，
不会死的人是没有的。
给父老乡亲们丢脸，
作为英雄玛纳斯的后裔，
我这样死去多么丢人！"

面对严峻的情势，
年轻的雄狮想了很多很多。

赛依特毕竟是有血有肉的少年，
各种想法涌上心头。
赛依特毕竟是不凡的英雄，
面对强敌他敢于一搏到底。

玛纳斯家族不畏强敌的火种，
在少年的身上闪烁。
他转过身神色果断又坚定，
从容地吩咐众人。

“我观察前面的人群，
男人和女人混在一起，
好像是巨人儿子的部下，
队伍排列得并不整齐。
我有伟大的祖先玛纳斯护佑，
难道我还会害怕他们？
我为何在这里躲藏！

“面对那蜂拥而来的敌群，
我要冲入其中，
让他们那里尘土飞扬，
让他们四处逃窜，溃不成军！

“克勒吉凯、阿布勒，
你们在后面观察，
不要让他们的队伍相互照应。
我要把他们消灭干净，
歼灭后我们才能收兵。

“你们要尽量多获取一些食物，
尤其是要多收集饮用水。
我的铁勒库荣要给它喂饱水。

“阿布勒善良的母亲，
你们要将她照顾好。
不要让她渴死饿死了，
更不能让她落入敌人之手。

“在战场上我一定要取胜，
在消灭敌人的同时，

更要保护好我们的亲人。
我要静观敌人的动静，
等到天明策马出阵！”

勇士们大战红沙漠

东方露出鱼肚白，
天亮了，太阳初升。
青鬃狼骑着铁勒库荣，
脸上露出威武的神情，
像饿虎似的冲向敌阵。

他看到的人会流血，
他碰到的人会送命。
神灵护佑着他，
在他的身后，
只见一团鬃毛火焰般飘动。

见了他的众敌吓破了胆，
与他交手的人全部毙命。
动作灵活的赛依特，
色尔长矛握在手中。

按照汗王的规矩，
插着红色的旌旗，
他高喊着“玛纳斯”的口号，
勇敢地冲向敌群。

遍布沙漠的众多士兵，
没有一个人敢与他迎面交锋。
怒火中烧的少年雄狮，
挥鞭抽打着铁勒库荣。
他脚后跟不停地磕着马肚，
下坡时长矛挥向敌群。
把五十个人叠着刺过去，

一矛刺死十五个人，
又一矛刺翻三十个人，
没有人能挡住他的长矛。

刺杀一百个人，
使敌人胆战心惊；
刺杀一千个人，
立起一具尸体作为见证。
在一望无际的沙漠上，
让敌人的鲜血流淌不停。

寒刀一挥，刀刀见血，
一排排敌人倒在红沙上送命。
雄狮赛依特日夜奋战，
让来犯之众敌寸步难行。

阿布勒和克勒吉凯，
穿行在四散奔逃的敌人之中，
驱赶着徒步的战俘，
把没有主人的骆驼聚拢。

苏来玛特派人送来的一万峰骆驼，
驮着的水和馕，
全部都缴获在手，
集中放置于巴兰地树荫下面储藏。

他们把骆驼连同战俘，
全部驱赶到沙漠深处，
渐渐地看不到克勒吉凯的身影。

姑娘克勒吉凯想到了，
阔克布卡和杰提力拜两位英雄。
“他们现在还没有走多远，
走得特别快的话，
大概也只有不到一个月的路程。

“我骑的是杰尔得骏马，
一个月的路程对我算不了什么，
我会很快找到他们。
他们正享受着新婚的幸福，
怀里搂着心爱的娇妻。
在生死存亡的关键时刻，
只有请他们回来帮忙。”

克勒吉凯是一位女中豪杰，
她换上男人的服装，
将头发在后脑勺盘紧。
她手腕上钩着长矛，
九天路程的沙漠，
奔驰而过，没有留停。
神奇的姑娘克勒吉凯，
像鸟一样飞过千里沙漠。

青河谷的泉水旁，
洼地上搭着帐篷。
两位英雄正在这里享福，
把娇妻搂在怀中。

耳朵里突然传来熟悉的蹄声，
杰提力拜慌忙跑出来，
擦亮眼睛，四处张望。
美丽的身影飘然而至，
杰提力拜认出了克勒吉凯的面容。

他按住心跳急忙发问：
“克勒吉凯，你从哪里来，
为什么如此匆匆？
你不会无事而来，
快告诉我，
到底发生了什么事情？”

克勒吉凯对杰提力拜开言：
“不论什么人一旦迷路，
就会把苦头吃尽。
我那该死的父亲花言巧语，
赛依特把喀拉朵之子送到他面前。
喀拉朵的儿子喊着要报仇，
鼓动七个巨人的后裔，
调动大军齐聚在红沙漠。
他们气势汹汹，
要取赛依特的性命！”

阔克布卡没有耽搁，
杰提力拜更按捺不住。
巧勒潘娜依和阿勒特娜依，
也整装上马与勇士一起上路。
聪慧的克勒吉凯，
在路上就给她俩布置了任务。

“一万只骆驼驮来的水和馕，
作为战利品已被我们缴获，
你们要把这些物品好好看守！”

喀拉朵之子的士兵们，
他们的鲜血流淌，
浸红了沙漠，
苏克坦玛带着人马也赶来了，
两拨人马掺和在一起。
他腰间缠着粗壮的铁铠甲，
胯下骑着高大的骆驼，
手中的长矛紧握。

短鼻子，宽脸颊，
紧皱着粗大的眉头。
巨人般的身躯，

苏尔麦尔干的儿子，
这头一根筋的野兽，
对赛依特毫不畏惧。
他朝赛依特的侧面刺杀过来，
脸色像燃烧的松木一样发红。

意志坚强的赛依特，
面对喀拉朵都不曾退缩，
年轻的雄狮挺直腰板，
在铁勒库荣坐骑上稳坐。

面对苏克坦玛斜刺过来的长矛，
他轻轻一拨，
找准时机，朝对方的侧上身，
用尽全力猛地刺去。
玛纳斯留下的色尔矛枪，
锋利无比，谁能抵住？
九层战袍上的纽扣纷纷脱落，
山一样的苏克坦玛从骆驼上滚落。

意志超群的年轻人，
对于好坏有了更深刻的认识，
父亲嘱咐的话，
他铭记在心头。
对着滚落地上的敌人，
他挥动斧头毫不留情地砍下去。

太阳已经西斜，
士兵退回了沙丘后头，
雄狮赛依特掉转马头，
像风一样朝巴兰地驰去。
妻子克勒吉凯，
早已在那里等候。

他胯下的铁勒库荣，

好像刚刚从拴马桩解下来一样，
风驰电掣，精神抖擞。
看到英雄的身影，
克勒吉凯带头，
大家发出一片欢呼。
阔克布卡和杰提力拜，
阿勒特娜依和巧勒潘娜依，
阿布勒和他母亲，
一齐赶过来了。
互相亲吻手指头，
向英雄致意问候。

给雄狮端来了茶饭，
给骏马喂足草和水。
英雄们一齐来到巴兰地树荫下，
把插在地上的旗帜在手中挥舞，
有了阔克布卡、杰提力拜相助，
赛依特如虎添翼。

阔克布卡和杰提力拜，
连夜向敌人发动偷袭。

舒克舒尔玛、阿克拜和沙提凯，
哈勒别克之子卡勒恰，
喀拉朵最小的儿子，
他们也聚在一起商议：
“苏克坦玛已经丧生，
对赛依特不可掉以轻心。
他们原本没有多少食物，
现在抢去了许多水和粮食。

“阔克布卡和杰提力拜，
他们三人已汇集在一起，
要使克孜勒阿勒普的部族溃败而逃。

"如果我们一起上,
他会使我们全军覆没。
明天早上在沙场上,
我们要和他单打独斗。

"实在支持不住的时候,
我们分头设置埋伏,
进行突然袭击,
保准能把这个嗜血者消灭!"

他们经过周密的安排之后,
才各自返回营地。

天渐渐亮了,曙光升起。
鼓手和号手奔跑着,
奔向摆放战鼓的阵地。
鼓声、号角声杂乱地在各处响起,
声音回响在广袤的大地。
士兵们集合排队,
排列得威武整齐。

舒克舒尔玛穿上战袍,
走上战场准备出击。
他的部下齐声为他祈祷,
祈求天神保佑他取胜。

骑着公牛的舒克舒尔玛,
把锐利的长矛拿在手里。
他胯下骑的六角公牛,
跑起来连风也追赶不及。

阔克布卡对赛依特开了腔,
真诚的话语发自肺腑:
"我的雄狮赛依特,
三年来我没有回过家,

独自一人在外漂泊。

“托你的福，
我尊贵的英雄赛依特，
巧勒潘娜依回到了我的身边，
享受到了生活的温暖和甜蜜，
我深感无比幸福。

“美女的热情我体验了，
美丽的姑娘我曾拥入怀中。
万一我死在这只恶狗的手里，
相信你会为我报仇。
战场上我不愿死在你后面，
这样的痛苦我不愿承受。

“这个骑着公牛的恶棍，
没有资格与你交手。
今天在这个危险的荒漠上，
让我去和他决斗。
我要把他从牛背上刺翻，
定要拿下他的狗命！

“你的恩情我要报答，
关键时刻我要为你分忧解难。
如果你不把他交给我，
我将抹不去心中的遗憾。
舒克舒尔玛不如夏克木茹特高大，
我定能将他一枪刺翻。
如果他身后还有站出来的英雄，
我要让他们一齐鲜血四溅！

“危难时刻不为你出力，
就会愧对你的深情厚谊。
我要全力以赴为你效劳，
刻不容缓立即上阵迎敌。”

阔克布卡毫不示弱，
请求出战英勇杀敌。
得到青鬃狼的允许，
勇敢的阔克布卡投入了战斗。

满腔怒火的勇士，
一上场就交上了手。
互不服输的勇士，
像两只铆足了劲的猛虎，
互相抵挡着刺来的利矛，
又迅速地抽回手。
两人挺枪擦肩而过，
又迅速掉转回头。

舒克舒尔玛向对方的腹侧刺来，
阔克布卡把他的利矛，
用月牙斧从底下抵挡过去。
富有经验的阔克布卡，
看准时机迅速出击，
利矛朝对方肚子，
毫不迟疑戳了过去。

舒克舒尔玛躲闪不及，
手中的武器脱手而出。
阔克布卡抽出矛枪，
殷红的鲜血，
顺着舒克舒尔玛后背汩汩而流。
这肮脏的恶棍慌忙掉过公牛的头，
摇摇晃晃地准备逃走。

舒克舒尔玛双眼迷离恍惚，
催促着倦怠的六角公牛准备逃跑。
阔克布卡岂能将他放过?
他放松骏马缰绳猛追上去，

朝对方的臀部又刺一枪，
大山似的舒克舒尔玛从牛背滚落。
英勇的阔克布卡，
挥起战斧向舒克舒尔玛的头颅砍去，
舒克舒尔玛丧身荒漠。

阿克拜骑着快马冲了出来，
愤怒地挥舞着手中的斧头。
这把祖先留下的武器，
是两侧很厚的斧头。
外表是铁锤的形状，
是用坚硬的纯钢锻造。

阿克拜脸色苍白，怒气横生，
像阴天似的，
紧锁着眉头。
他曾率领士兵战胜多少强手，
与他交手的人都不敢马虎。

他曾举着旗率领众多士兵，
到很多地方烧杀劫掠，
让很多人在睡梦中惊呼。
有名望的两名勇士，
今日在他眼前死去，
他不能容忍这样的羞辱。

气急败坏的阿克拜，
高举巨斧向对手冲来。
机敏的勇士阔克布卡，
也丢下手中的长矛，
举起了明晃晃的战斧，
毫不畏惧地迎了过去。
如同两团红色的火焰喷射，
他们嘴里高声呐喊着，
像冲下山坡的两只猛虎。

斧头与斧头叮当相碰，
发出震耳欲聋的巨响。
大力士们激烈拼杀，
观战的人无不感到惊慌。

“好厉害的柯尔克孜，
所有的人都是勇士，
所有人都难以对付！
与他们对峙，
只有死路一条。
我们多么不幸啊，
走上了一条难以取胜的不归之路！

“苏克坦玛和舒克舒尔玛，
他们已被打败，
命丧沙漠。
如果阿克拜巨人也战死，
那我们就会全军覆没。”

舒克舒尔玛、阿克拜和苏克坦玛，
他们的部众军心动摇，纷纷退却。

整整拼斗了三天三夜，
阔克布卡和阿克拜都疲倦了，
胯下的骏马四蹄烫伤难以承受。
残酷恶毒的阿克拜巨人，
把长矛紧握在手中，
瞅准时机，追上阔克布卡，
突然向他的后背刺去。

这一击出手太狠，
阔克布卡的铁袍被刺破，
阔克布卡从马上翻身滚落，
矛尖刺伤了他的脊梁。

飞快如箭的杰提力拜，
以迅雷不及掩耳之势迎上前去，
挡住了刺向阔克布卡的长矛。

两根长矛交织在一起，
互不松手。
阿布勒趁机冲向前去，
抓住马缰，
将阔克布卡救出战场。

在巴兰地的树荫下面，
聪慧的姑娘克勒吉凯，
把药膏敷在阔克布卡的伤口。
巧勒潘娜依精心地为他包扎伤口，
阿勒特娜依扶他躺好。
大无畏的阔克布卡，
经过一昼夜的休息，
伤口长好，坚强地站直了身躯。

在火一样的沙漠，
勇士们不知疲倦，
角逐了四个夜晚和白昼。
武艺超群的阿克拜巨人，
牙齿咯咯作响，将嘴唇咬破，
他汗流浃背，眼睛模糊。
好像故意和他作对似的，
天气越来越酷热，
胯下的马迈不开四蹄。

好厉害的杰提力拜，
把斧头紧握在手中。
他从侧面发起攻击，
挥斧劈向阿克拜的头顶。

杰提力拜的坐骑才冲入战场，
劲头十足，格外精神。
杰提力拜又拿起菱形长矛，
催动骏马，飞驰如风，
他紧握武器向阿克拜进攻。

疾风暴雨般地连连砍杀，
让阿克拜两眼发愣已难以招架。
杰提力拜又挥舞战刀，
将阿克拜从马背砍翻落马。

杰提力拜骑在对方的身上，
不慌不忙脱下对方华贵的衣服，
“我要把它送给阔克布卡！”
他做得从容而又自如。

此时的沙提凯实在无法忍耐，
他从众多兵马中愤怒地冲出。
他骑的马是铁米尔阔克，
他身穿青色铁衣。
红色的鼻子，蓝眼睛，
比他的父亲长得更有棱有角。

他脸上挂着轻蔑的冷笑，
凶恶的目光阴森恐怖。
面对这头野兽的威严，
人们不敢抬头注目。
沙漠的野生动物，
也躲藏到洞穴不敢外出。

他摇摆着大山般的身躯，
身上的毛发竖起穿透了衣服。
他好像要把一切生命吞食，
瞪圆了眼睛左右环顾。
他策马飞一般地奔来，

扬起的沙尘漫天飞舞。

少年英雄赛依特策动铁勒库荣，
迎向沙提凯这头野兽。
对峙的两头雄狮，
毫不迟疑展开搏斗。
胯下的坐骑，
不知疲倦，看不出半点儿纰漏。

他们经过无数个回合拼斗，
谁也不能把对手制伏。
他们用利矛互刺，
尖上都带上了鲜血。
他们不顾热血从伤口冒出，
越战越勇，拼命角逐。
脚下卷起的沙尘，
在广阔的大地上翻滚飞舞。

他们用大刀互砍猛劈，
双方的大刀都被挡了回去；
他们用斧头相拼，
双方的斧背都裂开了口子，
飞溅的火花变成火焰蔓延四周。

观战的士兵都害怕了，
发出一阵阵惊呼。
交战的勇士吼声如雷，
听到的士兵浑身颤抖。
双方催动着不安分的骏马，
用各种方式搏斗，
谁也不肯相让，
谁也不肯轻易退出战斗。

天上是烈日暴晒，
地下是拼死战斗，

这样的搏杀，
只有勇士能够忍受。

赛依特突然驰马而去，
手拿长矛从侧面奋力一刺，
沙提凯受伤，血花飞溅，
急忙从战场上跑了出去。

众多士兵失去了首领，
顷刻间六神无主。
有的向卡勒恰靠拢，
有的不知所措，
蹒跚着脚步。
卡勒恰下达了命令，
令众士兵全体出动，
将赛依特团团围住。
赛依特毫无惧色，
挥舞着战刀，
抵挡着千军万马，
好似一只冲出山林的猛虎。

少年雄狮赛依特，
高呼着“玛纳斯”的口号，
他的呐喊声如同加扎依勒炮声，
回响在红沙漠上空。

阔克布卡和杰提力拜，
见此情形怎能不去援助？
他俩像扑向山鸦的鹰隼，
像压倒一切的狂风暴雨，
向敌阵的外围快速扑去。

少年英雄赛依特战刀流淌着鲜血，
鲜血喷洒在沙漠。
很多士兵无法忍受，

纷纷向卡勒恰身旁逃去。

“这些凶猛的柯尔克孜人，
不会可怜我们苍蝇般的生命，
要将我们斩尽杀绝一个不留！”
他们哭叫着四散逃跑，
像割倒的野草一样，
一片片地倒伏在地上。

当星星满天的时刻，
姑娘克勒吉凯想出了一条妙计。
她把阿布勒的母亲安排在营地，
让她自己照顾好自己。
她让阿勒特娜依和巧勒潘娜依，
也穿上了男人的衣服。
她对阿布勒和她们俩，
交代了这样的任务。

“前面有很多迷失的士兵，
有马鞍下铺的毡子，
战死的士兵们的衣服，
你们快马加鞭地奔驰，
把它们收集起来，
不要走远迷了路。”

眨眼工夫，
他们驱赶着上千名受伤的俘虏，
收拢了很多毡子和衣服，
一堆一堆地放好。

“你们要同时将这些衣物点着，
同时要高呼‘玛纳斯’的口号，
张大嘴不许停息。
如果表现得好的话，
我可免你们一死。

"阿勒特娜依和巧勒潘娜依，
阿布勒，你也和他们一起，
敲响战鼓，
不停地放枪！
高呼'玛纳斯'的名字！"

她指挥大家点燃了大火，
火光直上云霄，
映照着影影绰绰的荒漠。
"玛纳斯"的喊声回响在沙漠的夜空，
枪声大作，伴随着洪亮的鼓声。
战鼓声、呐喊声惊天动地，
似乎有千军万马在战场上涌动。

千万种变幻的声音传过来，
乱了敌方士兵的阵脚。
"柯尔克孜的援军杀过来了！
世界到了末日！
不要让他们毁了我们！"
呐喊声震昏了敌人的头脑。

"我们队伍中有柯尔克孜！"
很多士兵从刀鞘中抽出了马刀，
呐喊着陷入了混战，
一片哄闹，乱成一团。
受惊的残兵四散奔跑。

无力的被有力的追杀，
无劲的被有劲的驱赶，
有准备的和没有准备的，
吵吵嚷嚷，互相厮杀。
自相残杀的士兵，
刀枪相搏，血流成河。
一直到东方破晓，

这场自相残杀的战斗才算结束。

克勒吉凯的奇思妙想，
使千万个敌兵相互残杀丧命。
仔细一看死亡的士兵，
没有一个柯尔克孜人。

手下的士兵死伤过半，
很多人死在自己人的刀下。
卡勒恰的内心似火燃烧，
焦躁的心情比谁都难受。

运气不好的喀拉朵的儿子，
慌张得不知所措，
看到实力已损失了一多半，
惊慌得像一只无处逃命的野狗。
他没来得及变成一只鸽子飞走，
恰好被策马出阵的赛依特截住，
铁勒库荣迎风追击，
赛依特英雄没有动用武器，
轻松就把喀拉朵的儿子捆住。

“该死的鬼一样的家伙，
你到处作恶，恶贯满盈。
难道你不知道，
会再次落到我的手中？
所有巨人的后裔都是你招来的，
难道想不到今天这样的结果？
苏来玛特出的鬼主意，
对你能有什么益处？
你现在不要指望他，
他再也不能把你救出！”

喀拉朵的小儿子束手无策，
被迫交代了实情：

“在昨夜的战斗中，
在不幸的遭遇中，
士兵们互相厮杀，
几千人在沙漠中失踪。

“那边的众多士兵，
是卡勒恰的人马，
这边的许多人影，
是沙提凯的士兵。
没有离散的这两支部队，
就是由这两个汗王的士兵组成。

“这些多部凑在一起的士兵，
从开始就不是一条心。
沙提凯和卡勒恰，
一个比一个逞能。
卡勒恰根本不让沙提凯进入自己的兵营，
不愿看到自己的士兵被歼灭的后果。
沙提凯身负重伤，
卡勒恰也不想去救助。”

喀拉朵的儿子说出了一切，
跪在地上向赛依特祈求宽恕。
赛依特对杰提力拜和克勒吉凯吩咐：
“他就是我们的头号敌人，
不要松绑，把他紧紧看住！”

像一股旋风刮起，
赛依特骑着铁勒库荣，
冲入沙提凯的队伍。
看到少年雄狮的气势，
众多的士兵转身逃跑。
少年雄狮不顾逃跑者，
朝着沙提凯跟前冲去。

“魔鬼的崽子沙提凯，
今天我要报仇了！”
他从腰间抽出斧头，
“我要用斧头击碎你的头！”

沙提凯没有提防，
青鬃狼穿越在士兵之中。
沙提凯刚跳下战马，
准备在士兵中藏身，
没想到赛依特怒目圆睁，
已站到他的面前。

他还没来得及再跨上战马，
满脸愤怒的英雄赛依特，
挥动大斧已劈向他的头颅。

自命不凡的巨人沙提凯，
就这样离开了这个世界。

阔克布卡、杰提力拜和克勒吉凯，
巧勒潘娜依和阿勒特娜依，
驮着食物和水来到营地，
只见阿布勒的母亲倒在血泊里。
原来一个逃兵来到营地，
将阿布勒可怜的母亲杀死。
阿布勒眼里流淌着晶莹的泪水，
忍不住伤心地放声哭泣。

阔克布卡、克勒吉凯和阿勒特娜依，
巧勒潘娜依和杰提力拜，
英雄们都赶了过来，
劝阿布勒节哀顺变，
伤心的泪水淋湿了大地。
他们几人一齐动手挖了墓穴，
将老人葬入巴兰树生长的土地。

“把敌人歼灭后，
我要为老人再办葬礼。”
赛依特立在老人墓前，
满怀壮志地发誓。

吃过饭歇息时，
赛依特向大家吐露了心思：
“从遥远的家乡，
我独自来到了这里，
苍天赐予我好运，
让我们七人走到一起。
阿布勒的母亲被人害死，
这个遗憾留在我心里。
只要我还有一口气，
定要报仇为她老人家祭祀。

“在青河谷的平地，
我们捉住了喀拉朵的儿子。
黑心肠的苏来玛特要求留给他，
他们用尽恶毒的心思，
打算把我们消灭在红沙漠里。

“在这荒无人烟的沙漠，
我们遭受了无尽的痛苦。
我们在外面漂泊，
却没有忍饥挨饿，
这都是苍天的恩赐。

“克勒吉凯付出了心血，
始终与我同甘共苦。
急中生智，施展妙计，
她让士兵点燃火堆，
嘴里高呼着‘玛纳斯’的英名。
成千上万的敌兵相互厮杀，
为我们克敌制胜立下了奇功。

"阿勒特娜依和巧勒潘娜依，
智慧过人的杰提力拜，
超群出众的阔克布卡，
还有善良孝顺的阿布勒。
在我危难的时刻，
你们没有袖手旁观，
没有丝毫犹豫和惊慌，
同心协力，英勇奋战，
帮我打败了凶恶的顽敌。
大家与我朝夕相处，形影不离，
为我们共同的理想尽心尽力。

"想起卡勒恰，
我的心就不能平静。
这头野兽异常暴烈，
谁都顶不住他的凶猛，
一想到这些，
我的脊骨都感到刺痛。
像我一样的多少勇士，
都丧命在他的手中。

"好事与坏事，
总是相伴着人生。
遇到好事就高兴，
遇到坏事就扫兴。
在战场上畏惧敌人，
不是好男儿应该做的事。
打胜了就高兴，
打败了就赌气，
也不是好男儿应有的脾气。

"明天我要上阵迎敌，
与我交手的卡勒恰，
不是一个容易对付的顽敌。

他是一个穷凶极恶的恶魔，
如同大山不容易铲平。
有玛纳斯的灵魂护佑，
我怎能畏惧敌人！

“明天天一亮，
我便去迎敌，
有玛纳斯的灵魂护佑，
或许我会把他刺翻，
或许我会被他刺中而遗憾地死去。
我不会轻视哈勒别克之子卡勒恰，
他犹如一只卧着的猎豹，
随时准备扑上来把猎手咬死。
有苍天和祖宗的保佑，
我一定会把他从马背上掀翻在地。

“如果我拿下了卡勒恰，
你们不要像上一次那样，
擅自单枪匹马向敌群冲去。
溃散的士兵会像洪水般流动，
不能让他们失去控制。

“阔克布卡和杰提力拜，
你们要把敌人的逃路堵住，
不要放走一个敌人，
不要让他们从红沙漠逃走。

“尤其是你，
我的克勒吉凯，
要提防喀拉朵的儿子，
要格外留意不要让他逃脱。

“阿布勒，即使遭遇众兵围攻，
你也要紧紧把喀拉朵的儿子看住。
满怀仇恨的坏家伙，

不要让他放了大火。
巧勒潘娜依和阿勒特娜依，
还有克勒吉凯，
你们还要格外小心，
一定要守住水和食物。”

寂静的夜里传来一阵鼓声，
鼓声来自强悍的卡勒恰那里。
“谁也不要睡着，
柯尔克孜人可能会前来偷袭！”
卡勒恰的营地吵吵嚷嚷，
不安的情绪一直笼罩着营地。

卡勒恰汗召集千人首领，
连夜商议战事：
“不要松懈，睁大眼睛，
与我们对峙的是最厉害的宿敌！
他们是柯尔克孜，
他们是嗜血狂玛纳斯的后裔，
凡是与他们交战的对手，
没有人能从他们手中逃生。

“你们要做好准备，
明天我要独自出战，
与赛依特决一胜负。
只要我还有一口气，
我就要为死去的人报仇。
像他那样的布鲁特，
我要让他见到世界末日！

“如果赛依特从马上跌落，
混战中你们不要拥挤。
要盯着克勒吉凯，
还有巧勒潘娜依和阿勒特娜依。
克孜勒阿勒普的后裔，

喀拉朵最小的儿子，
不要被他们杀死，
这一点你们要分外警惕。

“像山峰一般的我在此，
你们还有什么顾虑?
赛依特的随从只不过是两个奴隶，
几天以来他威胁我们，
现在该轮到我把他们狠狠地收拾。

“天亮以前，
你们要起来，
敲响铜制的战鼓，
让他们惊悸。
一百个人竖一面小旗，
一千个人竖一面大旗，
十二个兵种的方阵，
按顺序排列得整整齐齐。

“作战的马匹，
给它们喝足水，喂饱草料。
今晚不要再睡觉，
作战的一切，
天亮以前准备好。
天黑了，
点亮各处的灯，
把营地照亮一个通宵。

“万一我在战场上倒下，
群龙无首的你们不要去送死，
你们要假装俯首投降，
都放下手中的武器。
想方设法取得他的信任，
伺机将他们统统杀死。

“如果实在不行就返回，
到苏来玛特那里向他禀报：
‘英雄们为了你都已丧命。’
苏来玛特老谋深算，
他会有办法来安置你们。”

东方已经发白，
一场殊死的较量即将开始。
敲起了铜制的战鼓，
所有的士兵奔向战马身边。
披着红色的战袍，
骑在马上的是死神般的卡勒恰。

他曾率领浩浩荡荡的队伍，
铁蹄所及让无数人遭受劫难。
让他去摘别人的帽子，
他会连头颅一起揪下来。
他曾沿着山脚率兵突袭，
把多少英雄从马背刺翻。

他要在红沙漠与赛依特交锋，
他战袍的颜色与红沙相配如同血染。
这个凶恶的敌人，
具有死神般的威严；
这个残暴的敌人，
吼声如同雷鸣电闪；
这个残酷无情的敌人，
双目喷射着凶焰，
与他交手的人无一生还；
这个面目狰狞的恶毒敌人，
手握锋利的长矛，
与他交手的人都被吞咽。

他让多少自命不凡的人，
家破人亡，妻离子散。

所到之处发起战争，
让安宁的百姓遭受灾难。
不知多少城郭，
都被他凶狠地摧残。

战胜了对手和他们的民众，
一起屠杀是他的习惯。
抢走美女使她们离开家园，
承受不了他强暴的许多姑娘，
只能以死了却苦难。

模样凶横的卡勒恰，
像烧焦了的梧桐树一样难看，
他的罪行怎么讲也讲不完！

这个血腥的吃人魔鬼，
稳坐在阔克阿拉骏马上，
像饿狼一样舔着嘴唇。
手握有毒的双头长矛，
脸上没有一点血丝，
苍白得像茫茫荒原。

承受不了他的冲天怒气，
天空的乌云在头上翻卷。
沙漠的红沙在飞扬，
似乎大地在震颤。
沙漠中的动物，
躲藏在洞里不敢露面。

临出征时，
他曾立下誓言；
跨出家门时，
没有用水洗过脸。

黄斑多，黑斑少，

蓝色眼睛，黄色麻脸，
这头野兽的脸盘儿，
就像乌龟的外壳一般。

竖起的黄毛像刺猬的刺，
脸上像蛇皮一样布满花斑。
胡须从未挨过剃刀，
长得像野狗的毛一样蓬乱。
他和别人一样长着头和四肢，
长相却和平常的人不一样。

他额头的皱纹，
像纵横交错的山沟一般；
他宽胸阔背歪脖子，
身材矮小，腿粗腰圆，
像一块扁平的巨石滚落山间；
他的手指像熊的爪子，
要战胜他确实很难。

他是个嗜血鬼，
习惯杀人放火，
像个吃人的魔鬼一般。
这头性情暴烈的野兽，
使多少百姓受难。
他统治下的百姓，
都对他暴烈的性格十分不满。

他率领队伍出征时，
地面的尘土飞扬弥漫。
他凶恶的呐喊声，
像狼嚎一样在大地上回旋。
鬼怪都怕他发怒，
争先恐后地紧跟在他后面。

面目可憎的卡勒恰，

鞭打着胯下的阔克阿拉，
口出狂言，怒火冲天，
怪声怪气地叫喊：
“嗜血狂的后裔，
你给我出来！”
他嘴里冒着白烟，
独自驰马来到沙场中间。
他是身经百战的强者，
要战胜他确实很难。

少年雄狮赛依特，
哪里怕他怪声怪气的叫喊。
他生来就有英雄气质，
立志为柯尔克孜百姓的幸福而战。

玛纳斯的后代英雄赛依特，
催动铁勒库荣骏马挺枪上阵。
马蹄扬起的滚滚沙尘，
弥漫在沙漠荒原。
在炎热的天气和热沙的灼烤下，
英雄热汗滚滚流淌在马鬃上面。
他不怕对手身躯硕大，
勇敢地屹立在对手面前。

手握闪亮的利矛，
两个勇士面对着面，
展开激烈的拼杀搏斗。

连续拼杀了多少天，
他们俩都不知疲倦。
为了给死去的人报仇，
用仇恨的目光紧盯着对方的双眼。

他们凶猛地角逐着，
顽强的搏斗越战越勇敢。

夜间也点起火把激战，
不分昼夜连续鏖战了三天。

满腔仇恨的勇士，
用锋利的矛枪交战。
矛尖翻卷脱落了，
抡起矛杆劈打。
枪杆打断了，
他们只有徒手作战。

看到他们搏杀的场面，
在场的士兵都吓得浑身打战。

他们不时高声呐喊，
一把抓住对方的臂腕，
一会儿向上拽拉，
一会儿向下撕扯。

把对方的衣襟抓住卷起，
压在马镫的带子上面。
一会儿战马僵持顶撞，
一会儿又四手挣脱离散。
两人的伤口都流着血，
谁也不先退却仍拼死酣战。

战马嘶鸣着狂奔，
骡子哆哆嗦嗦打战，
蟒蛇、蝎子和壁虎，
吓得在荒漠里乱窜。
多少年静卧的荒漠，
也颤抖着，动荡不安。

许多胆小的士兵，
吓得大气也不敢喘，
摇晃着滚落马鞍。

胆小如鼠的士兵，
吓得躲到马背后，
屁滚尿流心惊胆战。

两个英雄僵持不下，
激烈搏斗锐气不减。
夜里点燃火把，
通宵达旦激烈厮杀，继续交战。

呐喊着挥舞战刀，
向着对手左右劈砍。
战刀卷刃了，就用刀背猛砸，
直至刀背也砸得粉碎。
双方又用战斧对砍，
连钢斧也受不了，
从柄根断成两半。
喊杀声震天动地，
连飞鸟也躲得远远的。

两个勇士揪住对方的衣领，
开始在马上角逐。
像公羊一样顶撞，
殷红的血从鼻孔喷出。
观战的人心惊胆战，
将天神不停地叨念。

卡勒恰的几千士兵骚动，
不知是求饶还是壮胆，
也随口喊出“玛纳斯”的名字。
“玛纳斯，玛纳斯”的呼声，
不断回荡在卡勒恰的耳畔。

如果是别人，
听了呼唤“玛纳斯”的声音，
早就会吓破肝胆。

勇气超群的卡勒恰，
对震耳欲聋的呐喊毫不在乎。
他把英勇的赛依特，
看得比自己的裤脚还低。

双方又给空手的两个勇士，
递来了矛枪。
盛怒的卡勒恰，
重新拿起矛枪，
浑身冒着热汗，
勇气倍增，怒火万丈。
他挥舞着血腥的锋利长矛，
向赛依特的臀部猛刺一枪。

用力很猛的矛尖，
把外套的战袍和内穿的铁衣刺烂。
小拇指粗的鲜血，
顺着臀部流出来，
染红了英雄的马鞍。

玛纳斯灵魂护佑的好男儿，
好像一座撼不动的小山。
四腿撑着大地的铁勒库荣，
没有倒下，只是闪了一闪。
它昂首站立，
好像铁铸的一般。

玛纳斯家族的勇士，
有一个光荣的传统，
这个传统代代相传——
愈是困难愈不退缩，
愈是受伤愈加勇敢。
如果身体流出了鲜血，
他的神勇更使对手胆寒。

“我的祖先是玛纳斯，
若不能将对手从马上刺翻，
我就不是玛纳斯的后裔，
我就愧对英雄的祖先！

“愿上天保佑我，
愿祖先玛纳斯的灵魂保佑我，
愿上天让仙逝的雄狮显灵，
愿先辈英灵今日助我取胜！”

此时他要高呼“玛纳斯”的口号，
不料他却呼唤了古里斯坦英雄。

索然迪克的儿子阿勒曼别特，
这位契丹的王子，
是玛纳斯今生来世贴心的伙伴。
阿勒曼别特的儿子古里斯坦，
他是玛纳斯的夫人卡妮凯，
用乳汁喂大的英雄。
他辅佐了柯尔克孜三代汗王，
他是不可战胜的英雄，
他的名字到处传颂。

许多西边著名的大力士，
东边的空吾尔巴依等劲敌，
一个个败在他的手下。
来自佳番的克孜勒乌尤克巨人，
独眼巨人玛德罕，
乌尚和他的二弟乌桑干，
还有三弟助巴塔依，
这三位顶天立地的巨人，
都在与他的对抗中丧了命。

不论他到世界的哪里，
那里的敌人就闻风丧胆。

他是如雷贯耳的英雄，
他是打遍天下无敌手的好汉，
他就是战无不胜的雄狮。

他是天神赐予所有期盼的英雄，
他是抬起眼无所不见的英雄，
他是战胜所有对手的英雄。
世上从来没有人能与他匹敌，
这就是他不同凡响的名声。

古里斯坦充满神奇的力量，
他火气旺盛，意志坚强，
与他交手的敌人，
都在他手下灭亡。
他有用不尽的力量，
他的力气不可估量。
与他较量的凶魔，
都被他一扫而光。

听到古里斯坦的声音，
心脏会跳出胸膛。
胆小的汗王，
听到他的名字就吓破了胆。

他白白净净的脸上，
没有一点儿斑点。
他说话直率，
没有拐弯抹角的习惯。

古里斯坦在世时，
对白毡帽的柯尔克孜，
没有人敢射来枪弹。
他是天神喜欢的人，
曾经神秘消失在人间。

突然西面呼呼刮起大风，
扬起红色尘烟。
骑着苏尔阔勇骏马驰骋着，
英雄古里斯坦出现在赛依特眼前。
他举着战旗握着长矛，
迎敌的武器一应俱全。
他两只眼睛像神灯，
向沙漠喷射着光焰。
他的身影像山丘一般，
让众敌坠入绝望的深渊。

“冲啊！我的孩子赛依特，
流点血算什么，
不要胆怯手软。
一根针刺扎进去也会出点血，
这只会激发英雄更加勇敢。
如果连卡勒恰都不如的话，
你就不配做英雄的后裔，
只配钻进地里面。

“举起你的色尔矛枪，
赶快刺向敌人！
不要让他站在你的身边。”

古里斯坦说着，
消失在人们面前。
看到古里斯坦的勇士，
听到他声音的勇士，
个个目瞪口呆瘫倒在原地。

高傲自大的卡勒恰，
面对少年雄狮赛依特，
没有把他放在双眼。

如今看到古里斯坦从天而降，

预感到自己不能生还。
这个自命不凡的恶棍，
此时呼吸急促，
手臂不知如何动弹。

所有亲眼看见此景的敌人，
绝望的泪水涌出双眼。
此时挥矛逼近的赛依特，
在卡勒恰眼里如同巨龙下凡。

青鬃狼赛依特双眼喷射着火焰，
狠狠向卡勒恰戳出矛尖。
自称天下无敌的卡勒恰被刺中，
滚落马背被卷进飞扬的沙尘之中。

久经沙场的赛依特，
从鞘中抽出刀砍下了他的头颅。
卡勒恰那殷红的血，
在沙漠中飞溅。

看到这个场面的士兵们，
面面相觑，目瞪口呆。
阔克布卡、杰提力拜和克勒吉凯，
阿布勒、阿勒特娜依和巧勒潘娜依，
本来为赛依特担心，
心神不定，忐忑不安。
这下高兴得流出了眼泪，
欢呼声响彻云端。

阔克布卡和杰提力拜，
按捺不住，跃马向前，
像兴奋的公驼似的咆哮着，
把失去了首领的士兵驱赶成一圈。

苏来玛特之死

歼灭了卡勒恰，
缴获了阔克阿拉骏马，
赛依特的心安定了。
少年雄狮赛依特，
对被俘虏的士兵说：
“你们没有罪过，
被逼来到这里的士兵。
你们踏遍千山万水，
进入了血与火的战场，
只是服从汗王的命令。

“如今困在沙漠之中，
没有了水和粮食，
失去了庇护，
很是悲惨困顿！

“普通的士兵，
你们听着，
我不会对你们发泄仇恨。
你们中间有些人有子女，
也许他们像夜莺般啼鸣，
等待从战场归来的父亲。

“你们中间有些人有母亲，
时时把儿子牵挂在心，
从早到晚为你们流泪，
哭肿了双眼，伤透了心。

“你们中间有的人有父亲，

盼望着儿子从战场平安归来，
遥望着远方的路，
睁大了干涸的眼睛。

“你们中间有的人有妻子，
也许以为你们已经送命，
正在穿着黑色丧服，
用指甲划破了自己的脸，
悲痛欲绝，泣不成声。

“你们中间有的人有哥哥，
盼望着你归来，
害怕失去你的支撑；
你们中间有的人有弟弟，
父亲死了，他盼望着你归来，
代替父亲来做他的后盾；
你们中间有的有老人，
他们对战乱的世道深感痛心。
他们有许多劝诫的话，
盼望着你们归来聆听。

“你们中间有的人有恋人，
虽订了婚还没有过门。
你们日夜挂念，心牵着心；
你们中间有的人有心上人，
说出的话语比蜜还甜，
一直牵动着你的心；
你们中间有的人刚刚新婚，
新娶进来所爱的人，
热情没有减退，
新生活还没有过瘾。

“你们中间有的人有姐姐，
为你常陷入沉思，
悬着一颗挂念的心；

你们中间有的人有妹妹，
正在家中哭泣，
祈盼着你平安归来的音讯。

“你们中间有的人有嫂子，
她准备着全家的茶饭和食品，
等着你赶快归来，
共同敬重全家的亲人。

“你们中间有的人有舅舅，
他是你的依靠，为你操心；
你们中间有的人有外甥，
舅舅是他的至亲，
盼望着回归的亲人。

“你们中间有的人家里有病人，
一年到头躺着不能起身，
时刻等待你的照应；
你们中间有的人家里有残疾人，
上坡上不去，
下坡走不动，
期盼着有人扶持，
平安地度过人生。

“你们中间有的人家里有能干的人，
当你背运时帮你走出困境；
你们中间有的人家里有坚强的人，
任凭风暴多么凶狂，
也保护着自己的乡亲，
他们都期盼着你们归来的喜讯。

“你们中间有的人很富裕，
丰裕的财产使他们目中无人；
你们中间也有奢靡的罪人，
他们竟然用奶水洗澡；

你们中间有许多穷人，
家境贫困，艰难度日；
你们中间也有固执的人，
你指西他偏要向东。

“你们中间也有匠人，
能靠手艺养活一生；
你们中间还有百姓尊敬的人，
说出的话顺应人心，
有和卡勒恰一样的名分。

“凡是千人的首领，
一个不留，全部集中；
凡是管理百姓的官员，
全部过来，一个也不要剩。

“你们都聚集过来，
听从我的命令：
对你的士兵要像以前那样，
你依然是他们的首领。
不要让马变瘦，
好马分群喂养；
不要有挨饿的人，
要带领他们走出这怪异的荒漠，
不要丢失一条性命。
你们带的水和馕，
能维持到目的地才行。

“食粮预计能维持多久？
要带上足够的水和馕。
你们的兵器和装备，
对你们已没有什么用处，
作为战利品交到我这里。

“在这世界我算什么？

作为保卫一方水土和百姓的英雄，
在这倒霉的沙漠上，
要了你们这些无辜士兵的小命，
背上这沉重的血债对我也不轻松。

“你们的马匹和战袍，
这些东西对我有什么用！
如果没有这些马匹和大袍，
你们都将死在倒霉的荒漠。
欠下你们的血债，
对我有什么好处！

“你们要想尽一切办法，
保护好士兵的安全。
我允许你们带领人马，
马不停蹄地回到家中，
早日与盼望的亲人团圆。

“你们从我赛依特这里离开后，
如果谁伤害了百姓，
不管在哪里，
我都会找到你，
我会毫不留情地惩罚你！”

柯尔克孜英雄，
有着大漠一样宽阔的胸怀，
赛依特就这样遣散了士兵。

日落方向的士兵，
按他们自己的规矩，
俯身在沙漠向英雄致敬。
摸着他的手，抚着他的脚，
纷纷为他祈祷祝福，
士兵们一哄而起踏上了归程。

骑着战马穿着战袍的士兵，
平安地返回了家乡。
赛依特的仁慈义举，
在日落方向的百姓中广为传颂。
无论在什么时候，
在他力所能及的地方，
雄狮的后裔都会使百姓安宁。

卡勒恰的士兵撤走了，
敌人威风扫地。
亲人们的心安定下来，
把赛依特扶下坐骑。

赛依特筋疲力尽，
浑身上下已经没一点力气。
血流得太多眼前发黑，
昏昏沉沉倒在沙地。

贤惠的姑娘克勒吉凯，
把棉絮做的褥子铺展在荒地，
将绣花的枕头，
精心摆放在褥子上。
她把青鬃狼赛依特，
轻放在褥子上躺直。

克勒吉凯把随身带的药调配好，
让两个姑娘为他清洗伤口，
将努什杜尔药和克尔玛红药敷在伤口，
排出毒汁让血凝固。
又把煮好的黑药，
用纱布裹上敷在伤口。

鹿和斑马的奶汁掺和着调配好，
按一定的量让赛依特喝下。
让他闻着沙嘎扎花[1]，

[1] 沙嘎扎花：一种名贵的花，气味清馨，有利于恢复身体健康。

将红花的液汁，
不停地滴在伤口处。
一直到天亮，
姑娘们没敢睡觉。

阔克布卡、阿布勒和杰提力拜，
守着骏马在荒漠上放牧。
牵着卡勒恰的阔克阿拉骏马，
杰提力拜已将它作为自己的战利品。

面对沙漠中的惨状，
英雄们都无法入睡。

一望无际的荒漠，
全是血腥和粪便的臭味，
在空气中飘拂。

这倒霉的荒漠，
马的尸体很多，
裸露着臼齿，
耸着肋骨；
骆驼的尸体很多，
耸立着驼峰，
伸长着脖子；
牛的尸体很多，
头上的角直直地挺着，
叉开着蹄子；
骡子的尸体也很多，
咧着嘴，露着齿，
肚子胀得像皮袋似的。

陷入悲惨境地的人很多，
半死不活痛苦挣扎着，
不知道性命能否保住；
躺在荒凉沙地上的人很多，

忍受不了伤痛尖叫着；
躺着呻吟的人很多，
瞪着眼，眼里灌满沙子；
被沙子埋没的人也很多，
他们把一切痛苦的罪过，
都归结在苏来玛特身上。

人们祈求天神主持公道，
要求惩罚苏来玛特的人越来越多。

驱赶着无数的人，
骑着骆驼去作战，
难道他不是该灭顶的汗王？
驱赶着无数的人，
骑着骡子去作战，
难道他不是该诅咒的汗王？
驱赶着无数的人，
骑着牛去作战，
相信骑牛能取胜，
难道他不是该死的汗王？

臣民服从汗王，
还要看汗王的品行如何。
不顾百姓的死活，
强迫他们流血打仗，
为的是缴获战利品，
他是短命的愚蠢汗王。
骚扰百姓获取战利品，
他是徒劳无益的愚蠢汗王。

侵吞他人财产为生，
见利忘义收敛钱财，
他就是狼心狗肺的贪婪汗王。

百姓的苦难和冤屈，

最终归结在汗王身上。
受压迫的百姓会联合起来，
从金铸的宝座上驱逐腐败的汗王。

管理黎民百姓养育故乡的生灵，
豹子玛纳斯的后裔做出了榜样。
他们在外出生入死，
让百姓在家乡安居乐业。
为了百姓自由生存的英雄，
被白毡帽的柯尔克孜世代赞扬。

两天两夜过去了，
年轻的雄狮赛依特，
好不容易从昏睡中苏醒。
他身披着外套十分激动，
召集他的勇士，
准备好骏马的鞍具，
驮着饮水和食物，
朝凯尔克提的方向行进。

“我不能白白地回去，
我们去找苏来玛特，
把他欠的罪恶算清！”
带上被绑着的喀拉朵的儿子，
马不停蹄赶了九天的路程，
队伍又回到了凯尔克提城。

黑心肠的苏来玛特，
正在汗宫坐卧不宁。
赛依特下了严正的命令，
让大力士逮住了他，
捆住了他的手和脚，
由杰提力拜押着，
把他关进了黑暗的牢中。

少年英雄赛依特，
让害人的人悲伤，
让害人的人得到报应。
当第二天黎明来临时，
赛依特还在睡梦中，
克勒吉凯没有告诉任何人，
悄悄地走出宫廷。

她带着阔克布卡来到地牢，
宣布了威严的命令：
“把罪恶滔天的苏来玛特，
还有喀拉朵之子的头砍下，
祭奠无辜死难的士兵！”

天亮时人们赶到宫中，
要向赛依特行礼祝福。
管理部族的首领，
纷纷向赛依特表示臣服。
克勒吉凯以赛依特的名义宣布，
让阿布勒登上汗位，
让百姓得知实情。

“汗王的侍卫官，
由大力士阔克布卡担任，
杰提力拜担任汗王的首辅大臣。”
得知勇士们的功德，
百姓都由衷地高兴。

赛依特准备从凯尔克提启程，
临行前这样叮咛：
“凯尔克提的汗王，
我的阿布勒，
汗王的侍卫官大力士阔克布卡，
首辅大臣杰提力拜，
你们要团结一致，

管理百姓，养育百姓，
这是一项艰难的大事情。

“不要轻敌，要时刻防备，
不要让敌人知道内部的事情，
对鳏寡孤独，要多加关心。
那些不能实现的事情，
不要去多想，枉费精力。

“要记着正义和公平，
我们一起共患难，同甘苦，
没有做违背良心的事情。
如果遇到难以对付的敌人，
要及时告诉我，
我会闻风而动！”

赛依特对几位勇士反复叮咛，
大家郑重地握手道别，
流露出了依依不舍的兄弟之情。
赛依特带着克勒吉凯，
朝着塔拉斯方向，
踏上了回归故乡的行程。

告别日落方向的百姓，
走了整整九十天的路程。
他终于来到了塔拉斯城，
他往返已经过去了两年的时间。

“勇士回来了！”
喜讯传遍了塔拉斯。
激动的人们拥抱在一起，
柯尔克孜人心情无比欢欣。

灿烂的太阳冉冉升起，
夜莺婉转歌唱，

百灵鸟发出欢快的叫声，
那叫声比歌声还要动听。

带着克勒吉凯而归的赛依特，
先是与久别的乡亲们拥抱，
又亲切地吻着母亲的手背，
表达殷殷的思念之情。
绮妮凯快步跑向凯耐尼木，
喜不自禁，满面春风。

“哦，凯耐尼木，
真是天大的喜讯，
你的独生子并没有独身归来，
还有一位美丽的姑娘相伴在身！
她是苏来玛特的独生女，
善良聪慧远近闻名。
姑娘被儿子带来了，
为了接受你的祈祷和祝福，
至今他们还未举办婚庆。”

凯耐尼木露出了笑容，
眼睛像镜子似的闪着光明，
放开了像鹰隼般的嗓音：
“老伴，现在什么也不要说了，
独生子平安回来了，
又带回了他所倾心的姑娘。
快派人去屠宰黄头白山羊，
为孩子们做萨达哈[1]仪式。
为新郎新娘搭上华丽的毡房，
邀请白毡帽的柯尔克孜人，
给孩子们欢欢喜喜地操办婚事。

“作恶多端的喀拉朵被他歼灭，
日落方向巨人的后裔被他平定。
苏来玛特这个坏蛋，

[1] 萨达哈：柯尔克孜古老的消灾避祸仪式。

被吞入黑色大地再不见了踪影。
聪慧贤淑的美女克勒吉凯被他带来了，
与他缔结美满婚姻。
我祝他们幸福美满，
永结同心，白头偕老。

“至于具体操办婚事，
那是女人的事情，
男人不再去过问，
你看着办吧，
按照柯尔克孜的传统。”
凯耐尼木呵呵笑着，
特别地高兴。

所有的事情都筹备好了，
聚集起柯尔克孜善良的百姓，
所有的过程都按照习俗进行。
请来德高望重的老人为他们证婚，
所有的客人都欢声笑语，
所有的人都十分尽兴。

通宵达旦的喜庆过后，
人们才兴致勃勃地踏上归程。
永为伴侣的两个人，
很久很久没有离开家门。
人们欢乐地生活，
享受着美好的人生。

我们把这些先搁在这里，
开始唱英雄赛依特，
再次降妖伏魔的动人故事。

赛依特与吃人女魔斗法

吃人女魔残害节迪盖尔百姓

日复一日，
白天连着黑夜，
岁月如此度过；
月复一月，
阴晴风霜雨雪，
岁月如此度过。

年轻的雄狮赛依特，
柯尔克孜的勇士，
节迪盖尔的人们，
对他了解的还不多。

从节迪盖尔来了一位老人，
匆匆来到塔拉斯，
向老汗王凯耐尼木，
述说着他们的痛苦遭遇。

“我来自节迪盖尔，
在生死存亡之际专程来拜访你。
灾难又降临到我们头上，
背后有很复杂的来历，
你最清楚节迪盖尔的谱系。

“由巴额什到托勒托依，
又由托勒托依到克亚孜，
罪恶深重的克亚孜没有留下子嗣。
他被处死之后，
赛依铁克推举库吐巴依的儿子，
为人忠厚老诚的黑脸巨人卡拉朵，

坐上了汗王的宝座。
他守护那片土地，
节迪盖尔人过上了安宁的日子。

“在芒格特部落，
有位叫玛德库勒的巨人，
他的儿子是萨尔特巴依。
萨尔特巴依是嗜血的大疯子，
他吞噬了日落方向的所有英雄。
他的原名似乎被人遗忘，
改换成库图尔古尔[1]的名称。

“从此他的野心更加膨胀，
在地面上不停地东奔西征。
他带领七万大军，
准备向塔拉斯进攻。
汗王卡拉朵阻止萨尔特巴依，
都死在他的手中。

“萨尔特巴依一路杀人，
遭遇的人无一逃生。
萨尔特巴依被歼灭在塔拉斯，
因为他触犯了玛纳斯的在天之灵。

“赛依铁克又推举阿勒赛依提，
将卡拉朵的汗位继承。
阿勒赛依提从塔拉斯到节迪盖尔，
去管理节迪盖尔的百姓。

“阿勒赛依提没有儿子，
只有一个独生女。
独生女又生了个女孩，
听起来真有点稀奇。

“她长成大姑娘后，

[1] 库图尔古尔：萨尔特巴依的绰号，意为挑衅狂、战争狂。

让节迪盖尔百姓吃尽了苦头。
我来拜访你之前，
知情的人告诉我：
‘当她出生落地时，
没有吃母亲的乳汁，
伸手从盆里抓起招待客人的馕和油，
吃完了还想吃。’

“聚集的百姓颇感惊奇，
要把她扼杀在摇篮里。
得知百姓要杀死她，
她的父母又舍不得。
‘哪怕她是毒蛇猛兽，
也是我们身上掉下来的肉，
我们不愿意将她舍弃。’

“从第三天起，
家里的牲畜被她吃光，
羊圈里的绵羊山羊不见了踪迹。
她的父母隐瞒着实情，
从来没有向别人说及。

“孩子长到七岁时，
人们给她起了个‘魔鬼’的绰号，
劝其父母将她抛弃。
她的父母拉着她躲进了山里，
把女儿悄悄藏起来，
把深山作为避风之地。
险要的山，
僻静的峡谷，
他们在家乡的边缘过着日子。

“又过了几年，
魔鬼长到十三岁，
她的胃口越来越大，

她的贪欲已无法控制。

“圈里的羊被她吃光了，
吃多少都填不饱她的肚皮。
草原上的马匹也被她吃光，
草场上的牲畜所剩无几。
她又盯上了父母，
把父母也活活地生吃了。
还把周围六七户邻居，
全吞进了自己的肚子。

“那里的毡房不再冒烟了，
那里的草场没了人气。
有一天来了六个探亲的人，
六个人被无情地吃掉了四个，
只有两个设法逃脱没有被吃。

“逃脱的人召集了六百青壮年，
选出健壮的快马，
枪筒里装满火药，
携带强弓和箭矢，
手握锋利的长矛，
带齐足够的武器。
成群结队呼啸而来，
准备与魔鬼对峙。

“把木杵当作马鞭，
把木臼当作马骑，
她披散着头发怒目上阵。
她像狗熊一般凶狠，
没有把六百人放在眼里。

“神枪手的枪弹打不出去，
神箭手的箭射不出去，
使斧弄锤的人手脚不能动弹。

参战的人目瞪口呆，
心惊肉跳全身发软。

“六百个人，
她挑选了十二个，
把他们捆绑在一起，
撕着、扯着，
十二个人被她活活吃掉，丧了性命。
我们是想方设法逃了回来，
向首领们讲述了悲惨的实情。

“首领们又从勇士中，
挑选了许多大力士，
去的人也被她吃掉，
没有见一个活着回来的。

“近日，不肯放过周边百姓的魔鬼，
又不时对百姓侵袭。
失去安宁的百姓，
派我来向您求助，
恳求您出手降魔，
还百姓一个平安的日子！”

性情暴烈的凯耐尼木，
眉头紧皱着，
许久不吭气。
得知百姓遭受灾难，
他怒火中烧，气愤难抑。
听罢来者的申诉，
他咳嗽了一声，
猛地将头抬起。

“我要去拯救无辜的百姓，
救他们脱离苦海。
骚扰百姓的魔鬼，

我要让她尝尝我的厉害!

“在从前那个不远的时代,
女人中也曾经出现过魔鬼,
偏要和巨人托什吐克作对。

“托什吐克的父亲艾拉曼,
把财富看得比儿子珍贵。
他为了保住自己搜刮来的牲畜和财产,
接受魔鬼的条件。
将儿子的羊拐、牛拐和铜锉,
故意丢在已搬出的牧点。
让儿子回去寻找,
进入魔鬼的伏击圈。

“据说英雄托什吐克,
听从了父亲的派遣,
把自己送到魔鬼跟前。
魔鬼迷惑了他,
他钻入地下将魔鬼追赶。

“孤胆英雄托什吐克,
最终歼灭了魔鬼,
七年后胜利返回地面。
艾拉曼讨厌自己的儿子,
百姓却不会忘记,
英雄托什吐克的恩德。

“当年的魔鬼,
可能有漏网生还的后裔,
这样的事情,
如今又出现在我们面前。

“我知道魔鬼的秘密,
虽然我已年老力衰,

我仍然要独自前往，
把魔鬼歼灭了再回来！”

一股怒火从凯耐尼木的心底升起，
他骑上马，
带上所有御敌的武器，
生性耿直好打抱不平的他，
准备出征前往女魔的盘踞之地。

赛依特再次替父出征

年轻的雄狮赛依特听说了这件事，
感到十分惊异。
他来到父亲身边，
委婉地问及出征的底细。

“我尊敬的父亲，
还不是放鹰的时节，
还没有到金色的秋季。
也不是放猎犬的好时候，
还没有到羚羊长膘的季节。
您骑上坎库拉，备齐武器，
不知要去哪里？”

“跨上坎库拉骏马，
到节迪盖尔人那里去。
有人带来节迪盖尔的消息，
那里的情况十分危急。
我们与节迪盖尔山水相连，
我们都有共同的利益。

“先祖玛纳斯在世时，
就与巴额什他们和睦相处。
赛麦台依的那个年代，
由于青阔交的挑唆，
赛麦台依与托勒托依互相搏斗，
不好的名声曾留给柯尔克孜。

“坎巧绕和恰绮凯，
背叛了赛麦台依，

也欺骗了克亚孜，
争斗的烽烟由此再起。

“玛纳斯的后裔，
由此承受了痛苦的折磨与耻辱。
赛麦台依生死不知下落不明，
高贵的阿依曲莱克仙女，
沦为克亚孜的战利品。

“赛依铁克十二岁时返回故乡，
惩治了坎巧绕和恰绮凯。
解救了受苦受难的高祖母卡妮凯，
同时也救出了放驼的圣人巴卡依。
在卡依普仙山中找到了赛麦台依，
重振了玛纳斯家族的雄风。

“从那时起到现在，
节迪盖尔的百姓，
视我们为可依靠的弟兄。
如今他们的部落里出现了魔鬼，
吃人肉，骚扰百姓不得安息。
节迪盖尔人到我这里寻求庇护，
我们怎能漠不关心，无动于衷？”

听了父亲的话语，
听了玛纳斯以来的故事，
赛依特提出这样的请求：
“如果您说的是真的，
尊敬的父亲，
这条路还是让我走吧，
让我去降妖伏魔。
您身边还有赛依特这个儿子，
这样的事怎么能让您老人家去。

“年轻人留在家里，

年迈力弱的人去远方御敌，
这样的事若传扬出去，
对于我们都不是好事。
您安心在家守候，
让我替您去出征吧，
玛纳斯的后裔有争得荣誉的能力！”

听了赛依特的话语，
凯耐尼木默不作声。
英雄赛依特满心欢喜，
骑上铁勒库荣准备出征。
气概不凡的英雄男儿，
有了战斗，信心百倍，
什么忧虑都不挂牵在心里。

赛依特就要出征了，
凯耐尼木反复叮咛，
面授机宜：
“人类中出现魔鬼，
是自古以来就有的事。
魔鬼欺骗了托什吐克，
最终自己还是难逃一死。

“这样的事曾经让我遇见，
成为难忘的往事。
我把见闻告诉你，
像她这样的魔鬼，
都有传统的妖术，
你要记住，不要轻敌。
那种妖魔把木杵当马鞭，
把木臼当马骑，
手中有一把弯曲的刮刀，
是她惯用的武器。

“那弯曲的刮刀是件奇特的武器，

它能割断所有触到的东西。
无论抛向哪里，
都会直直地飞来飞去。
碰到了脑袋它会劈开头骨，
碰到了山上它会劈开顽石。
想躲避也无法躲避，
它会让人身首异处。

“她还有一把锉刀，
它的作用特别神奇。
它既能锉断所有的东西，
又能当矛枪戳击，
凡人根本无法与她对峙。

“她的锉刀用妖术制造，
狼舌状的刀尖浸过毒汁。
她使出锉刀，
能戳穿所有的东西。
如果你不准备好，
她会轻而易举把你收拾。

“她会让你四分五裂，粉身碎骨，
她会把你的百姓变成她的美食。
我说过的这些话，
你千万要记住。

“我曾经向有学问的人打听，
得知这些武器的来历。
铁锥子、锉刀和刮刀，
以前魔鬼们没有这些武器。

“会施展魔法的居仁朵，
是他为魔鬼精心而制。
他还赠送了木制的臼和杵，
教她们把木杵当马鞭使，

把木臼当马骑。

“居仁朵是世间的魔头，
又是人间英雄学习武艺的名师。
在白山黑水的密林之中，
他秘密授业，传授技法，
很多人到那里去学艺。

“居仁朵有很多精湛的技法，
他在世上活了很长的时间，
自以为永远不会死去。
他把所有魔法的精髓，
甚至是将自己的生与死，
都铸在白钢匕首上。
这把匕首后来落在了阿勒曼别特手中。
白钢匕首又传给了阿勒曼别特的儿子，
成为古里巧绕降妖伏魔的法宝。
当我蹚过了黑海，
雄狮古里斯把白钢匕首，
当礼物送给了我。

“还有先祖玛纳斯的阿勒玛巴什神枪，
也是克敌制胜的神秘利器，
一刻也没有离开我的肩上，
阿勒曼别特的匕首始终没离我身。
居仁朵传授的很多魔法，
只有这两件宝物能够破解。

“只要带上这两件宝物，
就不会有任何伤害。
如她使用铁锥子，
你就用阿勒玛巴什神枪，
无须带别的武器。

“我的孩子，你不要忘记，

她有许多迷惑人的诡计，
不要白白地被她伤害。
当你走近她时，
你要盯着她的眼睛。
她翻着白眼，没有闭着，
你要注意，
这是魔鬼在睡觉，进入梦中。

“她的刮刀和锉刀，
你若能拿到手，
无疑会对你有利。
你把她的刮刀戳向她，
就能把她杀死！

“如果她的眼睛是闭着的，
说明她没有睡觉还醒着。
当你拿到她的刮刀和锉刀，
阿勒玛巴什神枪握在你手里，
她会变得很娇艳，
来到面前诱惑你。

“她既能变成美丽的少女，
又可以变成丑陋的老太婆。
一会儿变幻成年迈的老头子，
一会儿变成傻头傻脑的疯子，
一会儿又变幻成披头散发的大狗熊，
她会放屁释放障眼的雾气。

“看见美女你不要留恋，
看见丑妇人你也不必厌恶，
看见老人和疯子你更不要同情，
那都是女魔变幻而成。

“她会将黑压压的森林，
变幻出曲折的小径，

伸向遥远的天际。
小渠会变成洪水暴发的大河。
在平坦的大地上，
会变幻出山岳在面前屹立。
她会变幻出光滑的山崖，
还会变幻出红色的火焰照亮大地。

“她会变幻出枪声，
那枪声密集如同狂风暴雨；
她会变幻出战鼓声，
战鼓的响声震天动地；
她会变幻出狗的狂吠声，
她会变幻成乞丐，穿着破裙烂衣。

“你要去的那一天，
她会事先在路上等着你。
她有许多标记，
标记会暗示她施展魔法诡计。

“当她施展了各种招数时，
一只眼望着地面，
一只眼仰望天际。
她不停地舔着嘴唇，
两只手的手指交叉在一起。

“我所说的你要牢记，
不要让妖术迷惑了自己。

“我的孩子，勇敢地去吧，
万能的天神和祖宗会保佑你！
你要快去快回，
不要在外面久留。
如果超过了六个月，
我会以为你被她所迷惑，
我会心急火燎地去接应你。”

赛依特初战女魔

年轻的雄狮赛依特，
跨上铁勒库荣骏马，
离开了家乡，
朝向魔鬼肆虐的地方，
气势如虹，奔驰而去。
“我要拿下魔鬼，
不要让她逃跑，
我要把她活捉！”

他日夜兼程，
匆匆赶路。
涉过一条条滔滔的河流，
翻过一个个陡峭的山坡。
胯下的铁勒库荣，
无论在山路和平川，
都一样地飞快奔驰，
腿上淌着成串的汗珠。

从节迪盖尔来报信的那个人，
跟了赛依特三天，
就被远远甩在了后头。

赛依特甩动着衣襟，快马加鞭，
恨不得立刻到达目的地。
大约下午太阳偏西的时分，
赶到了节迪盖尔的山谷。
魔鬼已经知道英雄来了，
她静静地在那里等候。

她把木臼重新涂上漆，
把刮刀在巨石上磨了又磨，
把钢锉带在身上。
“嗜血鬼的子孙已来到，
让我来好好教训他。”
她不安地左顾右盼，
正在做准备时，
忽听见马蹄声由远而近地传来。

“我要迷惑赛依特。”
她戴上假发，
头发披散着，
口中念着咒语，
变成一个拳头大小的瘦老太婆。
她有一声没一声地咳嗽着，
用祈求的眼神望着赛依特，
好像有满腹的冤屈要诉说。

“我心爱的明灯，
你要到哪里去?
我看你的模样，
好像没有见过世面的傻小子!
你不顾及前后，
如此匆忙地赶路。

“不要着急，我的马驹，
如果遇见了魔鬼，
你会陷入痛苦。
心爱的，我的眼珠，
你要听取老人言。
像我这样的穷人，
你要关心照顾。

“我看你的模样，
将来是一位爱戴百姓的首领。

你有一身正气，
对每一个人都能平等爱护。
我看你的模样，
好像是好人的子孙。
像我这无依无靠的人，
理应得到更多的照顾。

“人最怕年老体弱的时候，
流落到荒野路口。
对遇见的陌生好人，
我不知该诉说怨愤还是祈求，
望你做个善事，带我走吧，
若是嫌累可否留下一些施舍再走？”

曾经被苏来玛特欺骗过，
干渴难耐被困在荒漠。
经历了许多曲折和磨难的英雄，
因遭受欺骗，已付出很多。
因为侠肝义胆经历过许多事情，
年轻的心智已成熟了许多。

看着老妪的神态，
她的骗局已被识破。
“我听说，女魔才满十五岁，
为什么头上白发这么多？
难道这是圈套，
为了迷惑人才装扮成老妪？”

赛依特用智慧与她周旋，
仔细观察路上突遇的老妪。
果然像报信的人说的一样，
女魔的木臼、木杵、刮刀和锉刀，
都藏在老妪的破衣下面。

年轻的雄狮赛依特，

他在气愤的时候，
也会露出微笑。
他习惯地侧过身去，
准备把腰刀从刀鞘中拔出。

女魔对他的举动怎能不知道？
她灵机一动，使出法术，
迅速变幻，改变面目。
少年英雄赛依特此时确信，
女魔此时开始施展妖术。

“不管女魔与我怎样周旋，
我要破除她的各种幻术！”
他挥鞭抽打着铁勒库荣，
机敏地向前奔去。
还没有走到一箭远的路程，
一个幻影挡住了他的去路。

前面顶天立地，
出现了一座红色的山岳。
赛依特的心一惊，回头一看，
只见一条红色大河切断退路。
陡峭的高山和大河中间，
一边是积雪的冰川，
另一边是恐怖流动的沙漠。

风从各个方面翻卷着，
条条火舌在风中乱窜，
熊熊烈焰冲向赛依特。
谁要是进入了这个境地，
不会活着逃脱。

“这都是魔鬼施的魔法，
魔鬼的法术还会施展很多。
任凭她变幻多端，

阿勒玛巴什枪的子弹都能穿越。
如果父亲说的是真的，
女魔的伎俩算是白做！”

他向枪膛里装满了子弹，
把阿勒玛巴什神枪紧握在手。
他点燃红色的火捻，
枪口对准施展魔法之处，
红色的火苗燃烧着，
子弹射出了枪口。

枪声停止了，
天空的烟雾散去了。
泥泞干了，冰化了，
山平了，水没了。
大千世界恢复了正常状态，
赛依特面前的道路畅通无阻。

变幻的魔法都已化解，
只剩下原形毕露的女魔。
她冷笑着来到赛依特面前，
神情颇有点不屑一顾：
“嘿嘿，哪里来的臭小子？
你好像比我还厉害！
你为什么要来到这个地方？
我要你活着来，死着回去！”

她把钢锉当作矛枪，
向赛依特发出攻击。
愤怒的赛依特把长矛握在手，
发出威武的呐喊，
挡开女魔的钢锉，
向她的肚子刺去。

“刺穿她的身躯，

把她的尸体，
留在这里的河谷！”
他挺起长矛向前刺去，
长矛没有刺到面前的老妪。
不要说老妪，
前面什么也没有了，
只剩下了石头，
高高耸立在不远处。

正当他纳闷时，
哈哈的笑声分外刺耳。
“你刺中谁了，
手下没有一点功夫！”
老奸巨猾的老妪站在那里，
扬扬自得，
弹了弹落在衣服上的尘土。

年轻的雄狮赛依特，
这时彻底被她激怒。
他不顾一切地追了上去，
又要持矛刺去时，
一幅奇异的景象映入眼帘。
前面是一个骑着高头大马的人，
挺着圆滚滚的肚子正往前赶路。

“无论她怎么变幻，
我都不能被迷惑，
不管前面是谁，
把她刺落马下再说！”
赛依特用足了力气，
握矛向前刺去。

前面突然变成了两个人，
又有两个人出现在后头，
左面一个，右面一个，

总共七个人。
七种武器紧握在手，
疯狂地掩杀过来，气势汹汹。

处在这样的境遇，
有阿勒曼别特的遗物，
什么样的情况都能对付。
赛依特快速地装上枪弹，
他扣动了枪的扳机，
向七个人开了火。

七个人消失了。
来了一个妖怪，
长着七个头颅，
七个头的妖怪向赛依特走来，
七个头的妖怪向赛依特开了口。
那轻蔑的话语里，
有愤慨、愤怒，
还夹杂着挖苦。

“我没有抢劫你的百姓，
我没有与你父亲结仇，
我没有赶走你的马匹，
我没有把钱财从你口袋偷走，
我没有割你的小麦青苗，
我没有使你断粮绝水生活忧愁。

“小子，你是不是活够了，
与一个不相干的人作对争斗？
节迪盖尔的百姓是我的，
不可能成为你的隶属。
你还是乖乖地回去吧，
你若惹恼了我，
我会把你和马都吞下肚！”

狡诈的女魔说完了，
把木臼当坐骑，
把木杵当马鞭，
挥舞着弯曲的刮刀和钢锉，
朝着赛依特冲来，
好像要把他一口吞噬。

赛依特微微一笑，
盯着女魔的双目：
“好男不跟女斗，
与女人搏斗，这样的举止，
本不应属于玛纳斯家族。

“你给百姓带来无尽的灾难，
你把百姓肆意欺负。
除妖救民是玛纳斯子孙的传统，
我要履行我的天职，
女妖，我要送你进入地狱！”

他拿起了神枪阿勒玛巴什，
枪膛里装上子弹，
对着女魔开了火。
枪口喷出一股白色的烟雾，
她的木臼中了子弹，
木杵、刮刀和钢锉，
都飞向不知所踪的去处。

地面上的烟雾散去了，
只见一个狡猾的老妪，
因为阿勒玛巴什神枪的威慑，
她连逃跑的力气都没有了。
赛依特策动铁勒库荣神驹飞奔而至，
毫不留情地把女魔抓住。

像摘苹果一般，

把她的六个头摘去。
嗜血者失去了力气，
她神志不清，胡言乱语，
掩饰不住心里的恐慌和无助。

“我不要死，我要活命！”
女魔痛哭流涕地向赛依特乞求，
“你往我心里投下仇恨的火种，
你在光天化日之下进行骚扰。
我失去了魔法，
还没来得及与你对峙交锋。
我弯曲的刮刀和锋利的钢锉，
我的木臼和木杵，
如果还在我手里的话，
赛依特小子，
我不会这么容易落入你的手中！

“玛纳斯的阿勒玛巴什神枪，
如果我知道在你那里，
就不会出来与你交手。
饶了我吧，赛依特英雄，
六十种魔法和四十种咒语，
我愿意向你传授，
我愿做你的狗，
跟在你的身后！

“我愿做你的奴仆，
跟随在你左右。
上坡时，
歪斜了的行囊我来扶正；
搬迁时，
让我鞴好骆驼的驮具。
如果我不遵守诺言，
再让我去死我也能接受！”

女魔苦苦哀求，
她的眼泪一条线地流。
英雄赛依特，
年轻的雄狮，
心智坚定，
不会轻易把她放走。

“女魔，我不会听信你的话，
更不愿与你为伍。
六十种魔法，
四十种咒语，
玛纳斯的后代，
对这些手段不屑一顾！
你这个吃人的魔鬼，
如果不把你除掉，
任你横行，
世间不会有安宁的生活。

“让一个女人跟随自己，
我知道那是无聊的事情，
我是男子，不要那样的生活。
如果你真想让我饶你一命，
我的条件只有一个，
我要你嫁人，
做个本分人，
在世间好好生活。”

女魔脸色变黄了，
渗出了汗珠，
支支吾吾地说：
“你把阿勒玛巴什神枪的子弹拿来，
你让我咬着你的子弹发誓；
你把宝剑抽出来，
你让我舔着你的剑刃发誓。

“白灰母马的乳汁，
我们互相对饮，
天作证，地作证，
月亮作证，太阳作证，
我发誓：
像狗一样跟随你，
不敢对你有一点儿二心，
我要抓住你的衣襟，
不敢对你有半点不敬！”

狡猾的女魔假惺惺地哭泣，
想让赛依特产生同情。
尽管她苦苦哀求，
赛依特没有动恻隐之心。

女魔翘首四处张望着，
一条诡计涌上心头：
“像我一样的妖怪，
曾经把艾拉曼的儿子托什吐克，
带向依特依奇别斯[1]湖边，
带向杳无人烟的荒漠。
我并不比她们谁差，
我要把赛依特带到湖边，
在那迷惑人的地方，
我也许能找到活命的出路。”

她施魔法，
把大地变幻成湖泊，
地面上全是湖水，
阳光在水面上闪烁。
她施魔法上了船，
驾船向远方驶去。

金蹄掌，银钉子，
在铁勒库荣神驹的蹄下像火石闪烁，

[1] 依特依奇别斯：湖名，意为狗不喝水的地方。

朝着船上狡猾的女魔，
它轻捷地奔驰着。
女魔把船行驶过来，
在赛依特前方左顾右盼。
一会儿哈哈笑着，
那笑声像银铃似的悦耳；
一会儿拖着长声，
用响亮的声音唱起歌。

赛依特驱马沿着湖边奔驰，
找不到好的办法对付她。
他端起阿勒玛巴什神枪射击，
子弹射出了枪口。
不要说大湖，
眼前连小水池也没有，
只剩下无边的碱滩荒漠。
找不到女魔的踪影，
赛依特又举起千里眼。

湖泊变回了荒漠，
千里眼在荒漠上追索。
朝着向南的方向，
赛依特发现女魔影影绰绰的身影在逃逸。

“木臼、木杵、刮刀和钢锉，
我已失去了全部武器，
我已没有交战的能力。
要对付强大的赛依特，
除了魔法之力外，
我已没有其他本事。

“我没有了从前那样的好运，
我失去了原有的威力。
如果我继续在陆地上逃跑，
铁勒库荣神驹飞快追来会把我踩死。

“耳闻八方并没有坏处，
我听说过这样一个人的底细。
在依特依奇别斯湖那边，
在杳无人烟的荒漠里，
据说有一个叫塔盘汗的人，
他英勇善战，力大无比。

“四十个耳朵的铁锅，
是让英雄托什吐克取走的。
为此同白毡帽的柯尔克孜，
有过一些争执。
塔盘汗为此不满，
他把怨恨埋在心底。

“如果实在觉得力量不及，
再去求助库特嘎尔巴斯，
若有塔盘汗和库特嘎尔巴斯，
再加上我一起出力，
赛依特会落入我们罗织的铁网里。

“我要巧施妙计，
把赛依特引向塔盘汗那里！
趁赛依特来不及发现，
我要从他视线里消失。
不等他把我追赶，
我先到达塔盘汗那里！”

女魔这样想着，
瞪大两只眼睛，
在荒野上匆匆逃逸。
她施魔法不让荒漠扬起沙尘，
镜子般平坦的戈壁上，
飘散着一股黑色的雾气。

头发散开了，
风吹拂着她的头发；
前胸敞开了，
披头散发地向前狂奔。
她迷惑了赛依特，
甩掉了他，
她越来越快地赶向塔盘汗的领地。

占据依特依奇别斯湖的，
是一个叫塔盘汗的勇士，
他一向珍惜勇士的荣誉。
他解开狗，放飞鹰，
来到野外狩猎。

我们把这些先搁一会儿，
就从女魔哄骗塔盘汗再唱起。

塔盘汗上了女魔的当

女魔欺骗塔盘汗

女魔终于跑到了，
包孜波克托尔的一个坡地。
当她快要见到塔盘汗时，
变成一位十四岁的姑娘，
像柳条似的婀娜多姿。

她梳理着头发，
轻抚着额前的刘海儿，
该红的地方红，
该白的地方白。
在三岔口的山坡上，
她亭亭玉立地站在那里。

塔盘汗解开狗链，
架着隼鹰，
在回家的路上，
看见了姑娘的身姿和笑容。
他勒住马头走过来，
观察出姑娘似有满腹的心事，
他上前搭讪，
轻声细语询问姑娘的来历。

“像仙女一样的姑娘，
你来自哪里?
在这荒无人烟的戈壁，
你陷入沉思，
思绪好像沉没在无底的深渊里。
莫非遇到了麻烦，
独自一人来到这里?

“你是汗王的公主，
还是寻常百姓家的姑娘？
仇人推翻了你的靠山，
还是洗劫了你百姓的牲畜？
为什么心事重重地站在这里？

“仇人是否杀害了你的汗王？
是否让你悲痛欲绝？
我叫塔盘汗，
你说吧，
我会仔细聆听你的经历。”

听了汗王的话，
她低着头，皱着眉，
好像把天大的忧愁和冤屈，
吞进了肚里。
她假装羞涩地开了口，
怨恨的话语，
犹如一潭死水，
掀起了阵阵波浪层层涟漪。

“我是节迪盖尔的姑娘，
是故乡出现的能人，
没有人不知道，
我在百姓中享有很高的威信。
玛纳斯的后裔赛依特，
无端地将我骚扰，
使我成了背井离乡的人。

“我学会了念魔法的咒语，
把木臼当坐骑，
木杵和弯曲的刮刀，
我舞弄自如，相当熟悉。
凯耐尼木的儿子赛依特，

给我起了个‘妖怪’的外号，
让我失去所有的技巧和武器。

“在节提苏[1]的故乡，
我生活得十分惬意。
是赛依特狭窄的心胸，
带给我忧伤，
让我悲愤难抑！
我听人说起过你，
尊敬的塔盘汗，
我也知道库特嘎尔巴斯，
知道你俩名震四方。

“我把陆地变成湖水，
用柳条做成船只，
上岸后又拼命地狂奔，
才来到你的领地。
为了得到你的庇护，
我不辞辛苦，
前来向你求助。

“如果我被仇人抓住，
哀求嗜血者宽宥，
那样活着，
是莫大的羞辱。

“尊敬的塔盘汗，
我知道你是宽厚仁慈的贤者，
我相信你是求贤爱美的汗王，
让我们并肩携手成为相知。

“如果你心疼我这样的人的话，
如果你是像猛虎一样的人的话，
如果你是一个特别强悍的勇士的话，
如果你是善于怜花惜草的汗王的话，

[1] 节提苏：地名，节迪盖尔人居住的地方。

如果你能把赛依特消灭的话，
我愿意成为你的奴仆，
永远尾随在你的身后。

“如果我说了这么多，
你仍然无动于衷的话，
如果得不到你的庇护的话，
如果听到赛依特的名字，
被吓得心惊胆战的话，
我可敬的汗王，
我决不将你连累，
让你陪着我受苦。

“如果库特嘎尔巴斯，
也像你一样害怕的话，
我就上马离开，
不在这里停留。
从地面消失，
投奔到西天的魔窟。

“此时我思绪万千，备受折磨，
哥哥啊，
请你将我解救。
让我们携起手，
把赛依特歼灭。
让我们一起面对挑战，
争取欢乐自由的生活！”

女魔这样说着，
用媚眼斜视着对方的双目，
这使塔盘汗心神不定，
不知道该怎么应付。
当女魔转身欲走时，
塔盘汗拦住她开了口。

“美丽的姑娘，请你等一等，
穿着绫罗绸缎，光彩照人，
你是人们心中的仙女！
你说的我都明白了，
我为你的忧愁叹息，
我为你的遭遇伤心，
我为你焦急得心急如焚。

“如果没有什么难处的话，
你不会到我们这里来如此求人。
你刚才说的话，
一时让我头晕。
现在我明白过来了，
我要与赛依特一决高低，
我可以和你一起出手。

“需要的武器，我去找寻，
如果斗不过他的话，
也不用你去找库特嘎尔巴斯。
我不是等闲之辈，
我怎能去请他出征，
我手下还有几十万百姓。

“我有塔盘汗的名字，
我有五十个阿勒普[1]，
每个阿勒普手下有一千士兵。
比起地面上的汗王们，
我有着什么也不缺的高贵血统！
我一个人能与四万人拼杀，
我有着挥刀御敌的名声！

“你所说的赛依特有多大本领？
他只是孤身一人单打独斗。
他身边没有一个士兵，
他是独自一人来异乡送命。

[1] 阿勒普：意为壮士、大力士等英雄。

我要让他的鲜血像水一样流淌，
用他的鲜血染红我的刀刃，
让他倒在地上，磕头鞠躬。

“因为有我做你的靠山，
赛依特会胆战心惊，
后悔前来作战出丑。
你要舒展眉头，
轻松大方地露出笑容。
赛依特有多大年龄？
难道他是山丘一样的巨人？
请你说说他的特征。”

此时女魔又开口回答，
慢条斯理的语气中带有几分讥讽：
“你问及他的年龄和特征，
你是不是害怕了，打算退缩？
听了他的情况，
你不要连人还没看见，
就吓得魂飞魄散，屁滚尿流！

“他的年龄在二十岁左右，
日落方向七个巨人的儿子，
被他杀得四处逃奔，
鲜血抛洒在茫茫的红沙漠中。
死去了的冤魂，
并没有让他折寿。

“凯尔克提的汗王苏来玛特，
虽然把女儿都献给了他，
结果仍然是一败涂地，
自己连命也没保住。
强悍的喀拉朵，
连同他的老婆和五个儿子，
全在他的手下丧生。

苏克坦玛和舒克舒尔玛，
阿克拜和沙提凯，
哈勒别克的儿子卡勒恰，
没有一个从他手中逃脱。

“凯尔克提的汗王宝座，
他给了一个渔民的儿子，
阔克布卡和杰提力拜，
当了大臣和守卫官，
站在两旁把那小子辅佐。

“将要到来的赛依特，
消灭了所有的仇人，
他不可一世，大有来头！
玛纳斯的阿勒玛巴什神枪，
还有天下无敌的色尔长矛，
如今都落在他的手中。

“阿勒曼别特的白钢匕首，
居仁朵神奇的衬衫，
都成为他制胜的法宝。
许多气焰嚣张的人，
都被他击中腹部，
无论谁与他角逐，
最终都被他送上了生命的归途。

“赛依特头上戴着头盔，
背上有盾牌防护，
刀背厚实，刀刃锋利的战刀，
挂在他的腰间，
还携带着门板宽的月牙斧。
在他十三四岁的时候，
就成了威名远扬的勇士，不可小觑。

“尊贵的塔盘汗王，

不信，你自己可以看，
他马上会来到你的面前！

“如果你肯听我的话，
快返回你的黎民中，
动员你所有的部属，
让他们热血沸腾，
让他们呐喊怒吼，
像一群奔下山冈的老虎！

“你是英雄的汗王，
能够率领千军万马，
与敌人角逐。
你说你有五十个大力士，
不要让他们躺在家里逞能，
要派他们一一上阵战斗。

“你要摆出汗王的架势，
站在旌旗下发号施令。
让大力士们向赛依特进攻，
日夜不要歇息。
让赛依特身心疲惫，
抬不起胳膊和手。

“困乏其身，劳其筋骨，
到赛依特疲惫不堪，
动弹不了的时候，
你就挺身出马，
将他刺翻，砍下他的头颅！

“战胜了赛依特，
你的名声将远扬八方，
你的事迹会四处传播。
天下所有的人都会敬佩你，
夸赞你本领非凡，天下无敌！

“听到赛依特死亡的消息，
日落方向的巨人，
日出方向的五个部落，
还有呼罗珊、阿富汗，
芒格特和唐格特的百姓，
他们会自己上门向你俯首称臣，
你的声誉会传遍世界各个角落。

“康阿依的人会送来很多贡品，
驮着黑茶、丝绸和数不清的货物，
密密麻麻的骆驼排着队奔走。
古都斯人也会来拜见，
他们还会赶来很多牲畜。
牲畜多得让你头晕目眩，
从这头望不到那头！”

正当说得高兴时，
年轻的赛依特追来了，
年轻的雄狮策马前行，
身后扬起一溜烟尘。

赛依特与塔盘汗交战

年轻的雄狮不惜马力，
马不停蹄地向前飞奔。
突然又有这样的情景，
映入他的眼帘。
在一匹黑煤般乌黑的高头大马上，
骑着一个城门般高大的巨人，
在他的身后，
还有一千名列队的士兵。
他的旁边站着一位妙龄少女，
耀眼夺目，光彩照人。

"怪不得她逃得这么快，
还不断变幻着身形，
原来是施了魔法，
想迷惑我的眼睛。"

不管她逃到哪里去，
英雄的赛依特毫不畏惧紧紧追踪，
因为陪伴英雄的，
是玛纳斯的灵魂！

当英雄赛依特靠近的时候，
塔盘汗挡住去路高声发问：
"来的是什么人？
快从马上下来，
说出你的来历，
报出你的姓名！
我不是一个人，
瞧瞧我的后面还有千人方阵！"

听到塔盘汗让他下马的吆喝声，
豹子般的英雄赛依特怒火升腾，
脸像要下雨似的，
布满了阴云。

当赛依特紧握着镶金的马鞭，
催动铁勒库荣奔驰而来时，
塔盘汗内心的确有些畏怯。
塔盘汗投去目光，
打量着眼前的勇士，
“他像一座高山，
凡人很难轻易翻过；
他是一只黑鬃毛的雄狮，
决不会放过逃跑的猎物；
他就是非凡的特那尔[1]雄鹰，
决不会放过追赶的猎物。
与他交手的人，
定会流血送死。

“从正面看去，
他眼里的火焰在燃烧，
眼光像电石一样闪烁。
脸上像油炸过的麦粒，
闪着褐色的光亮，
光芒四射像一抹阳光划过。

“他好像是在兴奋地微笑，
又如此威严。
他追击着逃跑的顽敌，
表情却不温不火。
他的洪福无与伦比，
辽阔的大地都承载不起。

“不管发生了什么事，

[1] 特那尔：一种鹰的名称，鹰头多为白色，腿部短而粗壮。人称鹰类中的大力士。

我要听他自己述说。”
塔盘汗瞪大了眼睛，
掩盖不住内心的怯懦。

“你独自前来，
是否活够了？
我是名声显赫的塔盘汗，
没有人敢骑着马，
侧着身子从我面前凛然而过。

“早在远处，
我就让你下马，
你为什么依然骑着马走过来，
对我的话不管不顾？
莫非自以为是一位勇士，
要把勇士的荣誉维护？
以往充当勇士的人，
没有人能从这里活着回去。

“这里的地名叫江居尔别斯[1]，
我的身后有一个湖，
它的名字叫依特依奇别斯，
这一带由我塔盘汗和我的百姓居住。
有一个叫库特嘎尔巴斯的英雄，
江居尔别斯由他占着。

“你究竟是谁？
快快说出你的名字和来路。
如果你不冒犯我，
我给你指出回去的路；
如果你冒犯了我，
我会让你躺进狭窄的坟墓！”

听了塔盘汗疯狂的叫嚣，
英雄赛依特做出了回应，

[1] 江居尔别斯：沙漠的名称，意为荒无人烟，人迹罕至。

他从容不迫，义正词严：
“你的名字我早就听说了。
塔盘汗，你问我的来历，
我怎能隐瞒？
听了我的话，
你不要被吓破了胆。
六十个部落的首领，
住在塔拉斯汗宫里，
那是我英雄的祖先！

“英雄玛纳斯雄狮，
轰轰烈烈，惊天动地。
他的英雄事迹，
至今还在人们中间流传。
玛纳斯的儿子赛麦台依，
他的英雄气概让山河动容，世人赞颂。
他杀死了青阔交和托勒托依，
又把不可一世的空吾尔巴依歼灭。

“赛麦台依的儿子赛依铁克，
他的英雄事迹实在太多，
三天三夜也说不完。
他高大的身躯和神力令对手丧胆，
库图尔古尔在他手下丧命，
克亚孜的肚皮被他戳穿。

“赛依铁克娶的是善战女神库娅勒，
他们的儿子凯耐尼木更是勇猛无敌。
他继承了父亲的体魄，
母亲的善战。
活了八千年的魔头居仁朵，
还有那些吃人的魔鬼和西边的巨人，
都没能逃过他的刀尖。
他从此有了‘黄脸死神’的绰号，
英雄的名字四方传颂。

“我是凯耐尼木的儿子，
我要保护柯尔克孜阿拉什，
要把吃人的妖精消灭。
白毡帽的柯尔克孜百姓，
继承祖先玛纳斯留下的传统：
人不犯我，
我也不会犯人；
人若犯我，
我决不会心慈手软！

“站在你面前的女魔，
踏遍了高山平川。
草原的牲畜被她吃光，
她不但吃人，还把父母的血髓吸干。
她是人间的魔鬼，
不能叫她留在人间。

“这样的魔鬼逃到你这里来，
找借口，编谎言，
想得到你的庇护，
用谎言将人蒙骗。

“你没有抢劫我百姓的畜群，
我的马驹你没有掠走，
我的钱袋你没有打开，
我的牲畜你没有霸占，
我们之间无仇无冤。

“如果不是追踪这个女魔，
我不会踏进你的领地。
如果你不与这个女魔掺和，
我当然要与你说声‘再见’。
如果有谁掺和进来，
我要他身上的血像水一样流淌！

“那个吃人的女魔，
我一定要抓住她。
塔盘汗，
你要分清是非，
认清妖魔的丑恶嘴脸。
为了除妖安民，
请你莫受谎言的欺骗，
愿你自重，平平安安！”

塔盘汗顿了顿，
在心中暗自思量：
“‘人不犯我，
我也不会犯人’，
看来是他真实的思想。
‘如果有谁掺和进来，
他身上的血会像水一样流淌’，
这是对我发出的警告。
这样挑衅的话，
我身为汗王怎能忍让！

“赛依特在考验我，
考验我的胆量，
出嫁年龄的姑娘恳求我，
我怎能胆怯彷徨？
你看这个柯尔克孜人恶狼似的，
我怎能将他轻易放过。
我要打一打他的嚣张气焰，
让柯尔克孜人不能太狂妄！”

想到这里，
塔盘汗脸色变得格外阴沉：
“赛依特，你立在那里，
你给我认真听着，
依特依奇别斯的湖中，

四十个耳朵的铁锅，
被你们的英雄托什吐克拿走。
一想起这些，
对柯尔克孜的仇恨就在我内心燃烧。

“这个像月亮般美丽的姑娘，
你把她如此欺辱，
这样的言语也伤了我的心！
不要胡说看着我，
睁大你的眼睛！
‘人不犯我，
我也不会犯人’，
你有多大能耐，
拿这样的大话吓唬人！

“把姑娘说成是女魔，
这是拐弯抹角地在说我，
叫人如何容忍？！
对你轻狂的行为，
我绝不会轻饶，
我要让你领教我的厉害！

“我要用你说的话反过来对待你，
让你说的妖怪吞食你所有的百姓。
四十个耳朵的铁锅我要找到，
我要做让你们忘不了的事情！

“我要马与马角逐，
矛与矛相碰，
我要你这臭小子立刻丧命！

“我要甩开膀子用铁锤相击，
相击的声音震耳欲聋！
我要把战刀从鞘中抽出，
锋利的刀刃让你胆战心惊。

"无知的孩子赛依特，
不要以为我好对付把我看轻！
我要把你连人带马，
逼进依特依奇别斯湖中！
我要让你知道，
我才是天下真正的英雄！

"可怜的年轻人，
你如果死在我的手中，
没有人会给你送终，
你的孤魂会在荒漠中游荡！

"你斗不过一个姑娘，
还敢到这儿来逞能，
这算是什么男人？！
我要让你知道，
天下还有更多的勇士，
你不要低眼将人小瞧！

"不知死活的傻小子，
我劝你不要跟我作对。
如果我把你杀死了，
没有人为你收尸，
荒漠的蟒蛇会吸干你的骨髓，
你会无依无靠，孤苦伶仃！"

面对狂妄的塔盘汗，
赛依特毫不客气地对他说：
"塔盘汗，你在吹牛，
你这样的做法不好！
我也有灵巧的舌头，
我不喜欢把自己夸耀。

"你不要说空话吹牛，

要把自己的长矛抓牢。
不要只顾口说大话，
心在乱跳，手在发抖！”

塔盘汗被激怒了，
热血一阵阵冲到头上。
他挥舞着手中的长矛，
策马冲杀过去，
气势凶猛而又张狂。

塔盘汗与赛依特展开较量，
武器碰撞着、搏杀着，
两杆长矛搅在一起互不相让。
两位英雄凶猛地挥舞着伸出的长矛，
瞋目怒视着对方。

心中的烈火在燃烧，
牙齿咬得咯咯作响。
恨不得一口吞下对方，
自己的性命如何，
谁也顾不上思量。

看到二人拼杀得难解难分，
女魔施展法术为塔盘汗助阵。
看到女魔的这些伎俩，
看到各种魔法向赛依特施放，
以前没有见过这种事情，
连塔盘汗都精神紧张。

无论女魔施出多少魔法，
对赛依特都没有任何影响。
她又将魔法对着铁勒库荣施展，
精神抖擞的铁勒库荣，
一如既往，势不可当。
有阿勒曼别特的遗物在身，

女魔的魔法又能将他们怎样！

塔盘汗气恼至极，
把大刀紧握在手上。
他还想重演，
曾经砍杀四万士兵的伎俩。

塔盘汗的大刀世上难寻，
大刀的刀刃上，
闪烁着红色的光亮。
他挥舞着手中的大刀，
将粗壮的大树拦腰砍断，
那大树倒地发出巨大的声响。

他又将大刀向山岩上砍去，
山岩上冒着浓烟和火光，
砍下的碎石漫天飞扬。
疯狂的塔盘汗，
以此向赛依特显示他的力量。

塔盘汗一向以威猛克敌制胜，
他紧握着大刀向赛依特逼近。

英雄赛依特稳坐马上，
一动也不动，
轻蔑地看着对手，像一尊巨石一样。
当挥舞的大刀将要砍到他身上时，
他对准塔盘汗的胳膊，
狠狠戳出了矛枪。

矛尖击穿了右臂的肌肉，
黑红色的血液从伤口流淌。
塔盘汗手中的大刀掉落在地上，
发出了清脆的声响。
那惊人的声响，

在山野间回荡。

看到塔盘汗受伤流血，
女魔又施展魔法，
一座高大的山峰，
突然耸立在赛依特和塔盘汗中间。
一个看不见另一个，
不知发生了什么事，
两个人被分隔在山的两旁。

女魔急匆匆地跑过去，
来到塔盘汗的身旁。
她拉着塔盘汗右手手肘，
看着他还在流血的伤口。

女魔心中十分惊慌：
“如果矛尖在毒液里浸过，
估计不出两天，
他就走在去另一个世界的路上。
如果塔盘汗离开了我，
谁又是我的依傍？”
丧家犬似的女魔，
心中也充满了担心和忧伤。

依特依奇别斯的湖畔，
树木茂密，芦苇丛生，
是藏身的好地方。
女魔把塔盘汗带到这里，
在他的伤口上，
敷了很多药膏，为他疗伤。

女魔变幻出一千个人，
手持武器扑向赛依特。
他们歇斯底里的怪叫声，
惊天动地的呼喊声，

几乎震裂人的脑壳。

赛依特以为他们是塔盘汗的人，
没有想到是女魔的妖术。
他勇敢地冲入敌群，
挥舞着战刀左砍右劈。
他又拿起长矛，
一枪刺翻了十五个人。
他还把战斧砍向敌人的头顶，
发出“巴克—巴克”的声音。
武器相撞“恰克—恰克”作响，
马蹄像在冰上踢踏，
发出“塔克—塔克”的声音。
相击的声音令人气血沸腾，
搏杀的呼声令人胆战心惊。

赛依特奋力拼杀，
敌人的尸体好像躺了一地。
他擦了擦眼睛又仔细一看，
一千个人一个也没死，
全都平安无事。

这时，安顿好塔盘汗的女魔，
突然出现在赛依特眼前。

“赛依特，你看见了吗？
这就是我的本事！
这几天我将让这些幽灵，
连续将你纠缠，
让你一刻也不能休息。
你的马会疲惫不堪，
你会没有一点儿力气。

“塔盘汗你是找不到的，
我把他藏在一个很隐蔽的地方。

我回到这里来，
就是想把这些告诉你！
赛依特，你不要再追踪我，
你这是徒劳无益。

“两个汗王，我都收买了，
塔盘汗和库特嘎尔巴斯，
他们会争着向我邀宠，
不遗余力地为我卖命。

“在塔盘汗的下属中，
至少有五十个大力士，
每个人至少战斗十五天。
在这漫长的时间里，
你的马会疲乏得走不动，
你会累得抬不起胳膊，
你会累得腿脚难移！

“赛依特，你等着吧，
到了那个时候，
塔盘汗不会拿下你的头吗？
塔盘汗岂能轻饶了你！

“那时一切会归我所有，
包括你所热爱的柯尔克孜！
塔盘汗的力量要是不及，
还有一个敢与你对峙的人，
那就是勇士库特嘎尔巴斯。
他的原名叫作卡勒塔尔巴什，
与他交手的人没有人能逃生，
因此得名为库特嘎尔巴斯[1]。

“塔盘汗和库特嘎尔巴斯，
他们从小一起玩大，
又都分别当了首领，

[1] 库特嘎尔巴斯：意为不让人逃生的勇士。

他们是生死与共的结拜兄弟。
如果他们两个合力，
那就是你的死期！

“我劝你还是趁早识点时务，
听我的话乖乖地返回去，
要不只能在这儿留下尸骨，
再也回不到你的家乡，
见不到你的亲人！”

女魔喋喋不休地说着，
那话里带着威胁和轻蔑的味道。
就像破裂的库姆孜琴一样，
怪里怪气，变了声调。

她拍着大腿哈哈大笑，
流着口水，挺着胸膛，
就像要飞的鹅一样呱呱乱叫。
她咧着嘴，摇头晃脑，
像河边的昂额尔[1]鸟一样，
伸长脖子发出刺耳的怪叫。
像狂吠的狗一样汪汪乱叫，
像飞翔的乌鸦一样呱呱聒噪。

[1] 昂额尔：鸟名。呈褐色，翼尾带有黑斑，和野鸭相似，叫出的声音特别刺耳。

赛依特没有理她，
他掉转铁勒库荣的辔头，
舞动色尔神矛，
神矛在风中呼啸。
女魔无法忍受，
她的头发在风中飘散着，
迈着大步朝后逃跑。

就在马头扬起的一瞬间，
赛依特的神矛已刺入女魔的臀部，
矛尖刺入四指宽的深处。

女魔一声惨叫。
若再刺上一矛，
女魔就会把命送掉！

只听到一声凄厉的惨叫，
身躯高大的女魔不见了。
立在那里的高山也不见了，
女魔变成了一只吱吱叫的老鼠，
一溜烟似的慌忙逃跑。

赛依特一时不知道女魔的去向，
环顾四周仔细寻找。
玛纳斯的神灵保佑着他，
最终把逃窜的老鼠看到。

女魔知道被赛依特发现，
她变幻成一只黄羊，
慌慌张张地跃上山腰。
身后扬起滚滚尘土，
甩开四蹄跳跃奔跑。

她又变幻成一只羚羊，
冲下山丘，跃向谷地。
她一步跳跃几丈距离，
她紧紧地向后收着双耳，
不要命地向前奔逃。

“我要追上这个女魔，
不能让她逃掉！”
赛依特胯下的铁勒库荣，
像一只展翅的神雕。
它的背像海狸一样熠熠发亮，
它的鬃毛像孩子的头发一样美妙。
它的蹄子碰到坚硬的石头，

踩碎的石屑抛向云霄。

一眨眼的工夫，
铁勒库荣飞奔出了几十里之遥。
赛依特快马加鞭，
越来越接近追赶的目标。
就在山谷的入口处，
突然出现了一个人，
挡住了赛依特的道。
莫非是女魔出来挡道？
赛依特手握神矛，
轻轻一挥，
将那人从马上扫下。
他又抽出了腰刀，
准备将落马者的头颅砍掉。

倒下的人突然失声高叫道：
“你是谁？
为何无故伤害路人？
我的首领是塔盘汗，
他受伤刚回去，
他说是赛依特将他刺伤。
是他把我派来，
要我把这里的情况瞧一瞧。

“他出来放鹰，
遇到一个含情脉脉的美丽姑娘。
姑娘可能有难，久久未归，
塔盘汗嘱咐我，
不要让赛依特把姑娘抓住了，
要我把姑娘带回去。

“我没有与你争斗，
是个正在赶路的人，
你无端把我刺翻，

我感到委屈而又无奈。

“临行前塔盘汗反复叮咛，
要我把他的话记牢。
‘如果赛依特在路上遇见你，
你就报个信过来，
我不会消极地在这里等待。

“‘我有八万士兵，
我要把他们全部召集起来。
我还有五十位英雄好汉，
他们是顶天立地的大力士。
我不是等闲之辈，
如果不把美女抢回来，
让她落在赛依特手里，
我塔盘汗的称号岂不是空的！

“‘五十位英雄没有被打败，
八万士兵没有被消灭。
假如八万士兵被消灭，
还有与我生死相依的库特嘎尔巴斯！
我们都还活着，
怎能让别人把美女抢去？
十万士兵，
一百个大力士，
都统领在库特嘎尔巴斯的麾下，
我还有什么害怕的？
不要说对付一个赛依特，
我拥有摧毁整个世界的能力！’”

赛依特听得不耐烦了，
挥手打断了他的话：
“你叫什么名字？
不要隐瞒，
说说你的来由。

你出来寻找美女，
遇到的是我不是姑娘。
那个姑娘也不是美女，
她是吃人的女魔。
她变成美女来到塔盘汗面前，
花言巧语把他诓骗。

“那个女魔在转眼的工夫，
能变幻成各种模样将人蒙骗。
刚才她还在这里，
她变幻成黄羊大步逃窜，
又变幻成羚羊匆匆逃亡。
估计这个时辰，
已逃向了塔盘汗所在的地方。

“你没有用矛枪刺我，
可我不能不把你刺伤。
我追杀的是那个多变的女魔，
你挡在我的马前，
我怎能不把你误伤。
叫赛依特的那个人就是我，
请说出你的名字，
说说你家里的情况。”

刚才的那个人，
把赛依特直愣愣地盯了又盯，
许久说不出话来，
好像大梦初醒。

“我的名字叫阔努什拜，
我父亲的名字叫麦尔干拜，
我们都是节迪盖尔的百姓。
我来这里五年多了，
起早贪黑，艰难营生。

“在我们节提苏，
出现了一个吃人的女魔。
百姓聚集，与她斗争，
当时我也在其中。
一会儿的工夫，
善良的人们被她吞食干净。

“我被她抓住了，
吓得我脸色发白，
浑身发冷：
‘你饶了我吧，
我还年轻。’
我苦苦地哀求她，
人不能说的话我都说尽。
‘你给我滚得远远的，
紧闭着口，不要乱讲，
把这里的事忘得干干净净。

“‘节提苏已不是你住的地方，
你找一个与世隔绝的地方安身，
别让我再碰到你的眼睛。’
她怒气冲冲地放了我，
我算是死里逃生。

“我眼睁睁地看着，
我的父亲被撕扯着吃掉，
吓得我腿发软，头发晕。

“你的名字叫赛依特的话，
那就是凯耐尼木的儿子，
玛纳斯的子孙！
白毡帽柯尔克孜的勇士啊，
你是黎民百姓的救星！
听了你的名字，
我的心终于安定，

肌肉也逐渐放松。

“我来到塔盘汗的领地，
与当地人来往不多，
至今还未融入他们之中。

“依特依奇别斯的湖，
我在这里看到了；
江居尔别斯的大漠，
我在这里看到了。

“摇晃着杨树般高高的身躯，
每跨一步都让大地震颤的英雄，
我在这里看到了；
竖着一双黑色耳朵，
不让人接近森林的狮子，
我在这里看到了。

“甩动着短小的尾巴，
高高地隆起脊背的大象，
我在这里看到了；
长长的尾巴拖在地上，
悠闲漫步的老虎、豹子和野狼，
我在这里也看到了。

“大漠到处都是巨蜥和乌龟，
人无法从它们中间穿过。
湖中的黄斑蛇，
长度足有一百庹。
乘凉的一对对野鹿，
趴在松树桦树下悠闲自得。
成群结队的野山羊和羚羊，
在高山草原间自由出入。

“黑熊刨开旱獭的洞穴，

穴中的旱獭一个都躲不过。
野狼整夜号叫，
刺耳的声音不让人睡觉。

“傍晚时豺群倾巢出动，
模仿着女人大笑，
不小心的人，
就会被它们吃掉。

“这里什么样的动物都有，
很多动物的名称谁都不知道。
这里居住的人，
个个长着凶恶的相貌。

“你追寻女魔来到这样的地方，
我差一点儿被她蒙住了眼睛！
在抓住这个女魔前，
在所有的对抗者被歼灭之前，
我愿跟随着你一起收拾女魔。

“如果我的寿期已尽，
我甘愿在你身边献出生命。
我慈爱的父亲的仇没有报，
我不能活在世间当个孬种！”

善良的阔努什拜恳求着，
他终于找到了值得追随的人。
赛依特扶起阔努什拜：
“走吧，不要害怕，
我们去追那个女魔！”

女魔和塔盘汗又聚集在一起，
害怕赛依特在野外要他们的命，
他们商定离开这里，
返回到塔盘汗的臣民之中。

女魔又变成婀娜多姿的美女，
她慌张地在荒野中逃遁，
头发在风中飘动，
塔盘汗在她后面紧跟。
赛依特和阔努什拜，
紧紧追赶一刻也没有放松。

女魔将战火引到肖尔阔勒

两个夜晚，
三个白天，
塔盘汗终于赶到了，
他站在参战人群中间，
受伤的手臂已经化脓。

五十个大力士聚在一起，
众伯克[1]、比官[2]围在他的旁边。
看到塔盘汗已经化脓的伤口，
脓血不停地往外滴流。
他们注视着塔盘汗，
吵嚷的声音此起彼伏，
汗宫里失去了平静。

“你手臂上的伤，
是怎么弄的？
为什么独自出去，
不带上大力士同行？

“你的财富不少了，
都热耶、布鲁木和都尔东，
各种名贵布料塞满了宝库，
人们都叫不出名字来。
在你名贵的皮囊中，
金子装得满满的。

“你有很多牲畜，
漫山遍野都是的。
你坐在汗王的宝座，

[1] 伯克：地方行政长官名。

[2] 比官：地方基层行政长官名。

你的身份至高无上，
世上无人可比。

“你放鹰出去，
回来怎么成了这个样子？
我们五十个大力士都在此地，
你咋就不带上我们一起去？
是不是怕我们和你分享猎物！
你是一个骁勇出色的大力士，
这身上的伤是怎么回事？

“你身边的美女，
是从哪里找到的？”
他们不解地询问着情况，
追问得很是详细。

塔盘汗说道：
“这是我寻常的习惯，
喜欢一个人去放鹰，
抓捕猎物是我的爱好，
没有带上身边的随从。

“我去放鹰的路上，
遇见了这位姑娘。
她表露出失魂落魄的神态，
像镜子一般美丽的脸上落着灰尘。
她一看见我这位善良人，
向我诉说了心中的苦情。

“‘我从节提苏来，
是节迪盖尔的百姓。
在节提苏的领土上，
来了玛纳斯的子孙赛依特。
我的百姓和领地他不让我做主，
他还想要我的命！

“‘我原来是一个乖巧的姑娘，
有点儿与众不同。
我把木臼当马骑，
我把木杵当马鞭，
端锅套子当成了马镫。

“‘炒麦棒子当成了长矛，
擀面布成了我的盾牌，
磨盘石成了我的护胸。
刮刀成了战刀，
头盔原来是我的木盆。

“‘我使用的武器，
除此之外还有多种。
我有技巧和本领，
没有畏惧赛依特。
我与他争斗过几回，
我全部的技巧都被赛依特破解。
他拔掉了我的钢牙利齿，
他让我失去了神勇。

“‘我早在故乡自由欢乐的时候，
就听说了你塔盘汗的名气，
我更欣赏你塔盘汗的义气。
因此从很远处奔波而来，
把你塔盘汗寻觅！’”

塔盘汗接着说道：
“我在包孜波克托尔遇见了她，
善良的姑娘哭成了一个泪人。
她的眼泪像湖水一样，
讲到她的难处我动了情。

“那个赛依特实在霸道，

他不该这样欺人！
我要让他见识见识，
我要让他知道我的骁勇。
我想他慑于我的威猛，
也许会就此罢手不再逞能。

“正在这时，
赛依特闯了过来。
他像铁匠那样强健，
像要参加婚礼似的，
微笑着满面春风。

“询问了他的来历，
我们开始对话交谈。
我将他仔细观察，
考验他的胆量和才能。

“他单枪匹马，不屑于众人。
他就像那宗阔山，
身材结实，神态镇定，
他从容应对没有一丝畏惧的神情。

“四个祖先，他说得正确，
都是名震四方的英雄。
‘我的名字叫赛依特，
我要抓住那个女魔！’
‘人不犯我，我不犯人，
谁若与女魔同流合污，
大着胆子与我对抗，
我叫他与女魔同归于尽！’

“他说话的口气非常强硬，
他对可怜的姑娘毫不相让，
像猫头鹰似的红着眼睛。
赛依特这样蛮横无理，

顷刻之间让我怒火升腾。

“我身为堂堂正正的塔盘汗，
怎能见死不救不懂同情！
我有五十个大力士，
有八万精锐的兵丁，
有库特嘎尔巴斯这样的巨人在，
我岂能在这小子面前认尿！
如果我在他面前退却，
神秘的肖尔阔勒会把我严惩！

“我拿出勇气与他角逐，
用长矛发起进攻。
我甩开膀子，
和他用铁锤相击，
我们都皱紧了眉头，
发泄着愤怒和仇恨。

“我又将战刀抽出刀鞘，
用战刀猛烈劈砍。
我想显示我的威猛，
先用战刀砍碎了石峰。

“我仔细地观察他，
他是一个勇气十足的英雄。
我用心地体察他，
他与祖先玛纳斯一般神勇！

“虽然他独自一个人，
却像有十万雄兵在身前马后。
他击伤了我的手臂，
让战刀从我手中飞掉。

“站在这里的这个姑娘，
不知从哪里学来了那么大的本领。

她轻轻地一挥手，
好像有一千个人站在那里。
她向空中吹了一口气，
我和对手之间耸起了一座山峰。
大山挡住了对方的刀枪攻击，
大山挡住了赛依特的进攻。

“姑娘把我引到密林深处，
在我的伤口上敷了药，
她的照料十分精心。
这个姑娘救了我，
同时也把我的心深深感动。
对这样好的姑娘，
我什么都舍得，
送给她我所有的财富，
我也毫不痛心！

“我忠勇的大力士，
我勤奋的黎民百姓。
我历经风险艰辛，
我终于又见到了你们！

“要严密提防赛依特，
保护好自己的性命。
如果不加提防，
赛依特会把整个城市荡平。

“赛依特马上就要到了，
你们要拿起武器列好队，
准备迎击赛依特的进攻！
不要傻愣着，断送了性命！”

塔盘汗向所有的百姓，
下达了作战的命令。

女魔逃到肖尔阔勒，
在这里挑起了一场战争。
在肖尔阔勒安宁地生活着的百姓，
失去了往日的平静。

我们暂且放下这些，
再唱一唱塔盘汗的众勇士，
如何一同走向灭亡的命运。

塔盘汗众勇士
被赛依特歼灭

八万士兵浩浩荡荡像洪水一般，
五十个大力士率领他们出征。
在士兵的两旁和后面，
聚集了许多看热闹的老人和孩童。

“说是赛依特来了，
据说是玛纳斯的后裔，
据说来的人英勇无比！”
消息在百姓中传开，
人们交头接耳，议论纷纷。

年长者们说：
“我们听说过玛纳斯的英名，
从未见过他的真容。
英雄托什吐克来过，
他歼灭了以塔依帕斯为首的巨人。
他拿走了四十个耳朵的铁锅，
引起了整个世界的轰动。
对于玛纳斯，
他毕恭毕敬，言听计从。

“来到这里的赛依特，
据说是玛纳斯的子孙。
性格刚烈的塔盘汗，
已被赛依特刺伤。
看来幸运会远离我们，
我们的前景令人担忧！
库特嘎尔巴斯如果不来援助，
我们取胜的希望十分渺茫！”

正当人们议论纷纷时，
赶来的赛依特和阔努什拜，
好似一股不可抗拒的飓风。
所有的声音戛然而止，
人们瞪大了惊恐的眼睛。

女魔指着阔努什拜发出怒吼：
“你，可恶的阔努什拜，
在节迪盖尔你落在我手中，
你痛哭流涕说你还年轻，
我出于善心放过了你！
你却到处游荡与我作对，
最终投靠了恶棍赛依特。

“如果我再让你活命，
就会助长赛依特的气势。
我要在赛依特面前，
撕开你的肉，
喝干你的血，
扒下你的皮，
这次我决不放过你！”

阔努什拜并没有慌张，
因为有赛依特在他身旁。
“你不要唠叨了，妖精！
现在不是我害怕你的时候，
不要说吃了我，
你自己已无处藏身，
只有慌慌张张地四处逃命！

“你是一个凶残的魔鬼，
不要说牲畜，
就连活人也生吞活咽地被你吃掉。
节迪盖尔的人畜，

早已被你洗劫一空！
肖尔阔勒和依特依奇别斯，
塔盘汗在这里居住。
他正是年轻力壮的时候，
你的年龄已超过四十，
竟变成姑娘将他诱惑。

“塔盘汗如果救了你，
等到你缓过神来，
也会把他吃掉，
每五天吃一个人是你的本性！
库特嘎尔巴斯如果救了你的命，
你去了他的地方喝了他的水，
你会采取种种手段将他迷惑，
迟早也会要了他的命！

“塔盘汗和库特嘎尔巴斯的领地，
地域宽广，人口众多，
这里的百姓身躯高大，
身强力壮与一般人不同。
你算是找到吃的了，
你自鸣得意，
你格外称心！
有英雄赛依特在这里，
你罪恶的愿望将会落空！”

女魔气得全身发抖，
她挥手施展自己的本领。
三万只公狗和灰狼，
咆哮着出现在那里。
四万头雄狮走来，
发出惊天动地的吼声。
数千豹子拖着尾巴扑来，
眼睛里冒着火焰，
显得格外恐怖。

老虎来了，
野猫来了，
狐狸也来了。
獾竖着短小的耳朵来了，
豺狗一路狂笑着来了。
爱叫的狂犬吠着来了，
力大无比的笨熊也摇摇摆摆地来了。

女魔施展着魔法，
把大地变成了野兽的世界，
她向人们展示着不凡的本领。

五十位大力士中有位老大，
哈布再提是他的大名。
他力大无比，十分勇猛，
他说出了许多精彩的话语，
告诫女魔不要逞能。

“把这些先放一边去，
你过来，我问你，
你到底从哪里来?
你可能就是妖精!
听了阔努什拜的话，
我开始怀疑你的身份。

“你究竟为什么，
对赛依特这般仇恨?
你的魔法真的有用的话，
为什么你不安居于故乡，
却逃离到这里搬取救兵?

“如果人们对你没有仇恨，
为什么柯尔克孜人紧追不舍，
到这里仍然索要你的性命?

快收起你的魔法吧，
不要用虚无的幻觉，
迷惑善良的人们。

“你诱惑了塔盘汗，
使他对你动了真情。
有这么多勇士，
你施展虚无的魔法有什么用！
快收起这一套吧，
保持点儿自己的自尊！”

哈布再提唠叨着，
一边斥责着罪恶的女魔，
一边又发疯似的逞能：
“我要很快拿下赛依特，
让他化作我马下的泥土！”

哈布再提暴烈地喊着：
“赛依特，你来吧，
你有多大能耐！
我要让你看看，
我哈布再提才是真正的英雄！

“不要说你赛依特，
就是你的父亲‘黄脸死神’，
如果与他交手，
我也不会畏惧，
我也不会留情！
不回到自己的百姓那里去，
竟敢到塔盘汗的领地上逞能。
你问问我手中的神矛，
看它答应不答应！”

像狼舌似的神矛，
可以刺穿大山的神矛，

他轻松地在手上舞动。
他抽打库恰甫塔尔马的大腿，
库恰甫塔尔奔腾向前，
身后扬起一阵烟尘。

这头重达千斤的畜生，
让大地微微颤动。
他策马直冲而来，
好像要把整个山冈踏平。
他想施出所有招数，
把赛依特狠狠教训。
他从没有想到，
自己会在赛依特手中丧命。

他高声呼喊着：
“肖尔阔勒！肖尔阔勒！”
人们不禁要问：
“难道他没有祖宗吗？
难道他没有父亲吗？
怎么呼叫着一个小小的地名？！”

他大喊大叫着向前猛冲，
他的声音震破了山上的石头，
士兵的脑袋也快被震裂。

赛依特会被吓倒吗？
赛依特会策马逃遁吗？
年轻的雄狮抽出了利斧，
面带微笑神色从容。

当对手的长矛向他刺来时，
他用斧头挡了过去。
碰到斧头的长矛，
呼啸着飞向天空。
兵器相撞的声音，

惊得飞禽走兽四散逃命。

赛依特双脚踩着马镫，
举起门板大的利斧，
奋力劈向对方的头顶。
哈布再提来不及躲闪，
头中利斧翻身倒地丢掉了性命。

塔盘汗的军中，
又冲出一位大力士，
他的名字叫霍占尼。
他手握铁锤，
声高气猛：
“赛依特，你不要逞凶！
如果你骁勇的话，
不要胆怯逃跑，
我要与你决一雌雄！”

他嘴中喷吐着滚滚青烟，
眼睛里冒着燃烧的火焰，
火焰把周围的草木烧成灰。
他愤怒地策动坐骑，
马蹄奔腾，
扬起满天尘土。
“我要夺取你的性命，
天下没有我打不垮的英雄！”

手中的铁锤比黄牛还重，
他轻轻举在手上舞动。
他劈头盖脸向赛依特击打，
不愧是骁勇善战的霍占尼凶神！

赛依特会被击倒吗？
赛依特会胆怯吗？
他像悬崖上的羚羊凝神静气，

他像展翅的雄鹰准备出击。
当对方逼近时，
他攥紧神矛，
向对方腋窝上方奋力刺去！
长矛刺中对方肌肉发达的右臂。

霍占尼右手垂了下去，
铁锤“咚”的一声落地，
大地为此颤动了一下。
赛依特的坐骑冲力过猛，
错过了惊恐不安的霍占尼。

霍占尼乘机逃回自己的阵营，
赛依特为此悔恨不已，
掉转马头又向敌群冲了过去。
他面对人多势众的大力士，
不慌不忙地展开攻势。

赛依特手握色尔矛枪，
借着骏马的冲力，
冲向最前头的几位大力士。
神矛一次就刺中了五个，
自认为以一挡千的五位大力士，
咧着嘴倒了下去，
俯身双手拥抱了大地。

英雄赛依特的骏马铁勒库荣，
咬着马辔紧绷身体，
像狂风暴雨席卷战场，
像鹰隼冲向一群麻雀。
它在敌群中穿插奔跃，
马与马相碰，没有间隙。
赛依特每次挥矛刺去，
四五十人相连着倒地。

擅使长矛的呆看着，
没有一个敢主动出击；
擅使长刀的静立着，
没有一人敢把刀举起；
擅使战斧的手垂着，
手握斧把没一点儿力气；
举着宝剑的头低着，
已不像之前那样神气；
拿着铁锤的不敢举起，
全都紧紧畏缩在一起。

这些耀武扬威的士兵，
在百姓面前像个人物，
装模作样，自以为是。
现在一个个都胆怯害怕，
呆呆地伫立在那里。

塔盘汗的士兵，
块头很大，如同山冈，
凶恶的面孔令人生畏。
粗壮的胳膊，
就像拴马的木桩。
在英雄面前他们胆小如鼠，
胆量不如五六岁的孩童，
个个脸色吓得变了模样。

玛纳斯的后裔赛依特知己知彼，
在巨人中奋不顾身舍命拼杀。
大力士们虽然穿戴着铁甲铁盔，
也经不起英雄赛依特的猛击。

哈布再提被消灭，
霍占尼受了重伤。
柯尔克孜的鹰隼，
什么时候畏怯过？

塔盘汗众勇士被赛依特歼灭

他策动着铁勒库荣神驹，
左冲右击，右冲左击。
倒下去的人奄奄一息，
没有倒下的四散逃离。
原来的五十个大力士，
现在只剩下二十几个。

穷追猛打的赛依特，
他挥动战刀咆哮着，
砍倒了不要命的九个大力士！
士兵们纷纷逃离，
战场上尘土飞扬，
哀嚎四起。

“阔努什拜怎么样了？”
此时赛依特想到了他，
他抬眼环顾四周，
不见了阔努什拜的踪迹。

赛依特忽然听到呼叫的声音，
他掉转马头疾跑过去，
只见阔努什拜被女魔用妖法困住。
女魔折磨着阔努什拜，
阔努什拜的生命十分危急。

寿期未尽的阔努什拜，
又遇上了救命的勇士。
瞅见英雄赛依特赶来，
女魔慌忙中丢下了阔努什拜，
胆战心惊地匆匆逃离。

失魂落魄的女魔，
害怕赛依特的威猛。
她不敢开口说话，
更不敢回头张望。

她好像遇到死神一般，
朝着塔盘汗躲藏的方向，
不顾一切地仓皇逃命。

惊魂未定的阔努什拜，
脸色苍白瞪着双眼。
直愣愣地站着，
惊恐不已。
“你怎么样了，
阔努什拜？”
听到英雄的问话，
他终于哭出了声。
他长出了一口气：
“尊贵的赛依特英雄，
你又救了我一条小命。

“就在你与大力士打斗的时候，
女魔又施魔法抓住了我。
‘又落到我手里了吧，
阔努什拜！
我要让你睁着眼睛看着我，
看我如何吃你的肉，
喝你的血，
活剥了你的皮！
不这样做的话，
你就不知道我的厉害！
不这样做的话，
我活在这个世上，
就没有了意义！’
她就这样折磨恐吓我，
吓得我失去了记忆。

“你把她消灭了吗？
她是否还活着？
啊！我的老虎，

我的雄狮，
我终于又死里逃生，
我终于又见到你了！”

阔努什拜对玛纳斯的在天之神灵，
再次表示深深的感激。

赛依特再战霍占尼和铁尔迭别斯

塔盘汗的士兵，
四处溃散逃命，
纷纷逃向能够躲藏的地方；
负伤的霍占尼，
躺在地上呻吟，
神情十分痛苦；
气急败坏的塔盘汗，
脸色苍白，六神无主。

塔盘汗把士兵重新聚拢，
想出了新的对策：
"让赛依特给我们十天时间，
调养好了再战！"
他派人前去说和，
得到了赛依特的允许。

十天的期限到了，
士兵们排成整齐的队伍，
向战场集聚。
霍占尼的伤也已养好，
他抖擞精神，
打算与赛依特再决一胜负。
他在塔盘汗面前，
喋喋不休地嚷着，
按捺不住满腹的怒气怨言。

"因为自己不经意，
使成队的士兵白白丧命，
我们输给了柯尔克孜——

这个远道而来的毛孩子！
我曾对他不屑一顾，
我对他一点儿也不了解。

“哈布再提无辜丧命，
我们精挑细选出来的勇士，
在柯尔克孜穿越而入时，
也被践踏得像牛粪似的。

“宽肩阔背窄下身，
身材不高却很结实。
这个远道而来的柯尔克孜，
像不可移动的黑石头，
像灌了铅的树墩子！

“我一不小心被刺中了，
我不会把他放在眼里！
我今天去和他单打独斗，
我不会可怜地躲藏在这里！
我定要把他捆绑起来，
押解到你面前，替你解气！

“‘如果你自己想成为英雄，
你就把对手想象成雄狮。’
假如对手把我杀死，
你们这些人他都不会放在眼里。

“如果你们乱了阵脚，
他会让你们血流成河。
如果塔盘汗你亲自出阵，
也许能坚持十日。
排在前面的这些人，
我对你们没有多大信心。

“什么叫英雄，什么叫勇士？

你们看这个柯尔克孜人，
单枪匹马就能威震沙场！
这样的人才称得上英雄。

“快把我的马牵过来，
快把我的铁锤递上来，
我要独自一人去战赛依特。
与这样的英雄交战，
这是我一生的荣耀！”

霍占尼自我吹嘘，大言不惭，
队列里走出了勇士铁尔迭别斯，
他看着霍占尼心里很不服气：
“霍占尼，你住口吧！
在我铁尔迭别斯面前，
你还有资格称为勇士？

“霍占尼，在我之前，
出战的怎么会是你？！
如果让你打头阵，
那我这张脸往哪里搁？
快把我的枣骝马牵来，
快把月牙斧递上来，
我要第一个前去与赛依特一试高低！”

一言不合，
霍占尼与铁尔迭别斯，
撕扯在一起。
谁劝都不听，
没有人能够制止。
见到这些的塔盘汗十分生气，
急忙过来调解。
霍占尼和铁尔迭别斯，
见到塔盘汗就不再吭气。

塔盘汗头上的兜鍪高高隆起，
刮光了胡子，
下巴光秃秃的。
他假惺惺地笑着，
说出了这样的话语：
“霍占尼与铁尔迭别斯，
两位勇士听我说。
我们要求的十天期限到了，
如果赛依特来到面前，
你们谁先独自上阵？

“我看你们随便一个人先去，
如果对手被刺中，
那是你运气好。
如果自己被刺中了，
后面的另一个接着上阵。

“不要让赛依特歇着，
要让他极度疲劳，眼睛难睁。
如果赛依特被刺翻了，
你们的英名和壮举，
会成为佳话，四处传扬！

“我们有众多的人马，
有你们这样声名响亮的英雄。
与我们毗邻的加勒塔依巴斯，
我见过他们的大力士，
没有你们这么英勇，
没有你们这么强壮。

“如果我们被赛依特打败，
去请求援助的话，
我这汗王脸上无光！
你们知道我也是英雄，
我是大名鼎鼎的塔盘汗。

如果我自己先上战场的话，
人们会说我手下没有英雄，
你们大家都会脸上无光，
我也不会心情舒畅！

“我知道你们都是英雄，
预料你们会争着上战场。
你们一个暂且沉住气，
另一个前去与赛依特较量。
展示你们武艺的机会有的是，
不必过分争强好胜。
如果再拖延时间，
赛依特会讥笑我们不敢上战场！”

霍占尼抢着说：
“我被柯尔克孜人刺下了马，
我对赛依特仇恨满腔。
塔盘汗，请允许我先上战场，
我要与赛依特再次较量！”

“是的，霍占尼，
你对他有仇恨，
那你先去报仇，与他再次较量。
铁尔迭别斯暂躲在隐蔽处，
密切注意战场上的状况！”

霍占尼打马上阵，
马蹄下尘土飞扬。
“承认了我是英雄！”
铁尔迭别斯暗自得意扬扬。

霍占尼从队列中跑出来，
在阔努什拜眼里，
他威猛雄壮。
阔努什拜那颗激烈跳动的心脏，

差一点儿从嘴里冒出来，格外紧张。

赛依特高大的身躯，
像奥波勒山一样。
他侧过身挺着脊梁，
像山坡上的松树，
充满蓬勃朝气，
英勇无敌，斗志昂扬。
胯下的铁勒库荣臀部滚圆，
迈动四蹄，跃然前往。
祖先传下的色尔神矛，
赛依特紧握在手上。

夸下海口的霍占尼惧怕了，
口中喊着“塔盘汗”，
心中未免有些慌张。
他骑的托茹托布尔恰克骏马，
张着大嘴，喘着粗气。
他擅长使用铁锤，
五百斤重的铁锤提在手中，
他的心就像石头一样沉重。

“赛依特，你听着，
我是霍占尼，
与我对峙被歼灭的人，
数以千计！

“那天被你刺中，
是我没有留意。
你其实不堪一击，
我要在这里置你于死地！”

他嘴里溅着白沫，
铁锤在空中挥舞。
他的两只眼睛里，

燃烧着愤怒的火焰。

他晃动着高大的身躯，
像严冬的公驼似的猛扑过去，
虫子、蚂蚁、蟒蛇和蝎子，
都吓得四处逃散。
山崩地裂般骇人的呼喊声，
回响在广袤的大漠。
铁勒库荣像兔子一样躲闪着铁锤，
不时将霍占尼迷惑。

霍占尼挥舞铁锤，
向赛依特砸来，
铁勒库荣向旁边快速躲闪，
霍占尼的铁锤砸在了地上，
房屋一般大的石块迸向天空。
地下水往外喷涌，
犹如滔滔洪水把沙漠浇灌。

霍占尼被铁勒库荣转晕了，
像喝醉了似的，
摸不着东，找不到西。
他伸着脖子，张着大嘴，
傻傻地看着尘土飞扬的战场。

“你认识我吗？”
赛依特的声音传入耳朵。
霍占尼舔着下唇，
气得浑身发抖：
“不除掉你，我决不罢休！”

霍占尼挥舞铁锤，
又向赛依特砸去。
有灵性的铁勒库荣，
像猫一样敏捷地移动着蹄子，

躲过了落下的铁锤。
赛依特挥矛轻轻一拨，
那铁锤“咚”的一声掉落在地。

霍占尼想弯腰拾起铁锤，
赛依特露出月牙斧般的牙齿，
将狼狈不堪的霍占尼嘲笑戏弄。
霍占尼恼羞成怒，
冲过来想抓住赛依特的衣领。
他想把赛依特扯下马来，
让他跌落在沙窝。

强悍的赛依特勇士，
哪里把这些放在心上。
他十二三岁时就征服过诸多强敌，
从来没有眨过眼睛。
神矛刺中过无数英雄，
多少勇士被它刺破胸膛。
面前一个手下败将，
他能算得了什么勇士？！

赛依特伸出了长矛，
对准霍占尼的后背，
认定从那里可以刺穿心肺，
狠狠地刺了过去。
矛尖穿入半庹深，
山一样高大的霍占尼，
“轰”的一声从马上跌落。

赛依特回头一看，
霍占尼用双手撑着地，
颤巍巍地想站起来。
“这个混蛋，他还要干什么？！”
赛依特来到跟前看着霍占尼。

霍占尼的头盔不知去向，
鼻孔张大，嘴里喘着粗气。
他挣扎着爬起来又倒下去，
倒下去又爬起来，
像拔光了毛的骆驼，
跌跌撞撞地伸手向铁锤摸去。

当他拿起铁锤转过身时，
赛依特又挥矛刺去，
霍占尼没能将矛躲过。
长矛刺穿了霍占尼的肚皮，
殷红的鲜血猛地从腹腔中喷出。

看到这些的铁尔迭别斯，
气血上涌，瞪圆了双目。
他策动胯下的托茹骏马，
如风一般呼啸而来，
肩上扛着那把闪亮的月牙斧。

像门板一般宽的月牙斧，
寒光闪烁。
胯下的托茹骏马，
鼻孔呼出的热气像烟雾喷涌。
它甩动的尾巴如同狂风呼啸，
势不可当，如狮似虎。

铁尔迭别斯的脸上，
变幻着多种表情，
他双眼圆睁喷射着怒火。
头不停地摆动着，
自言自语地不知说着什么。

赛依特严阵以待，
色尔长矛紧握在手。
“我要用月牙斧砍下他的头！”

铁尔迭别斯憋足气力。

待他逼近时，
赛依特毫不犹豫，
长矛刺向他的肋骨。
二十四根肋骨被刺断，
铁尔迭别斯从马上滚落在地，
好像一棵被砍倒的大树。

与雄狮对抗的人，
没有一个能够得手！
等到太阳西沉，
塔盘汗的人马，
急匆匆逃回大营。

女魔和塔盘汗各怀心思

塔盘汗的士兵无法安心入睡，
每个人都有一团心事萦绕在心头。
“我们不要战争！”
谁心中都这样想，
谁也不敢向塔盘汗诉说。

塔盘汗下达了命令，
仆人奔跑着向大力士送信：
“塔盘汗派我来，
叫你们赶快前去，面见汗王！”

大力士们不敢怠慢，
一齐向塔盘汗所在的营地聚集。
一个个神情紧张，心慌意乱，
像渴急了似的嗓子直冒烟，
嘴里盛不下舌头。

有个叫加尔卡巴克的大力士，
能说会道，能言善辩。
他殷勤地来到塔盘汗面前，
抢前向塔盘汗诉说：
“你平安吗，尊贵的汗王？
你派去的人到了我们那里，
转告了你的意思。
我们立刻来到了这里，
你的大力士听从召唤聚在了一起。

“有什么吩咐，您说吧，
我们一定无条件服从，

我们不会违抗您的命令。
让我们竭尽全力效忠您，
直到抱着大地长眠的那一刻！”

塔盘汗开始讲话了：
“我的大力士们，
我要对你们说，
遭到柯尔克孜人袭击，
我们流了很多鲜血。

“原来的五十位大力士，
多数已被消灭，
只剩下你们几个。
明天的战斗更加激烈，
有什么办法能够取胜？

“如果一个一个去迎战，
谁也不是赛依特的对手，
只要他一出手，
我们谁也难逃死亡。
柯尔克孜人中的这个赛依特，
他的所作所为你们都已看清，
你们无法将他战胜！

“你们的自尊在哪里？
平日里坐在家里自吹自擂，
似乎都是天下无敌的英雄，
可以把大山捏成粉末。
你们说说，
如今谁先上战场迎敌，
不把我的心愿辜负？”

不等塔盘汗把话说完，
嘴快的加尔卡巴克，
精神抖擞主动请战：

“明天我第一个上战场迎敌，
一定会为您分忧解愁。
霍占尼和铁尔迭别斯，
不知道赛依特的路数，
我怎能死在他的手中？
如果他们有能耐的话，
就不该不出两个回合就败下阵来。
起码也要拼杀个五六天，
这也还可以说得过去。

“你们说赛依特是雄狮，
我对他并不服气！
我要在马上与他拼杀，
我要在地上与他扭打。
我要与他对抗八天，
让他疲惫不堪！

“不用麻烦他人，
我会缠住他，拖累他。
待他筋疲力尽时，
我会看准时机，
割下他的头颅，
交到你手里！

“如果我说到做不到，
我愿把加尔卡巴克的名字，
从大力士队伍中抹去。
再为我加尔卡巴克加一个绰号，
就叫‘厚颜无耻’！

“如果我不幸被他杀死，
剩下的大力士们，
你们不要单独上战场，
不要一个一个与赛依特对击。
你们这些人，

谁能比我强?
我的本领可以威震千里!

“眼前的这个女人,
她不是善良的姑娘,
她是个吃人的女魔,
不要让她逃跑了。
你们逮住她交给赛依特,
不要让其他人再被她吃掉。

“‘她是女魔,
不是姑娘,
她的年龄已超过四十。’
说这话的是阔努什拜,
如果他不知情,
他不敢在众人面前胡言乱语。

“塔盘汗,
我从当初到现在,
一直受到你的恩赐。
你汗王的尊严,
我们要尽力维护。
你不要去库特嘎尔巴斯那里,
与其向库特嘎尔巴斯求救,
还不如恳求赛依特,
请他收兵息鼓。

“我的话要记在心里,
我的话请不要忘记!”

女魔听了这番话,
赶紧凑到塔盘汗面前,
声泪俱下,痛哭号啕,
竭力为自己狡辩。

“啊，尊敬的汗王，
百姓的首领，
是真是假，
你要分辨仔细！
为了让你疏远我，
加尔卡巴克别有用心，
用假话挑拨离间。
如果我有半句假话，
就让我的血像水一样流淌，
就让我遭天打雷劈立即死去！

“他让你不要去找库特嘎尔巴斯，
他竟敢这样阻止你。
他让你去求赛依特，
加尔卡巴克的心里，
一定有别的馊主意！
我心地坦然，
我想要说的是……”

没等女魔把话说完，
塔盘汗挥挥手，
阻止她说下去。

塔盘汗转过身来，
向众人作了布置：
“你们都不要说了，
趁天亮之前，
赶快抓紧准备。
我接受你的请战，
加尔卡巴克，
明天你第一个上战场迎敌。

“如果加尔卡巴克被刺中，
凡是说‘我是大力士’的人，
要一齐上阵勇敢迎敌。

“从各个方向向赛依特攻击！
用铁锤砸，用长矛刺，
用战刀砍，用斧头劈。
我们要让赛依特粉身碎骨，
尸骨难觅！”

他向大力士们布置完毕，
又转向女魔开了言：
“我倾心的姑娘，
你的热情，我什么时候体验？”

女魔盯住塔盘汗，
脸上显出几分委屈和诧异：
“我不屈服于赛依特，
千里万里来到这里，
来到这里就是为了找寻你！

“塔盘汗，我尊敬的汗王，
你被赛依特刺伤，
我知道，你是为了我。
‘我要体验你的热情’，
这话是怎么说？
你就坦白地说出来吧，
你是否对我只是一时的兴起？

“哦，我倾心投靠的汗王，
我还想着做你永远的伴侣。
看来我是白白来到了这里，
你根本不懂我的心意！
如果你只是为了一时的兴起，
我为你物色一个姑娘，
保你十分满意！
说玩笑的话也要想其后果，
再不要提什么永远的伴侣！

"你的想法暴露了，
追求一时的欢愉是你的本意！
如果你相信加尔卡巴克的话，
你现在改变还来得及！
我想，你不会是一个浅薄的人，
对待爱情，不会这么随意！"

女魔装腔作势地转身欲走，
塔盘汗尴尬地呆住了，
一时不知如何张口。

"我的小妹妹呀，
人多嘴杂是常有的事，
你不要往心里去！
只要我塔盘汗活着，
我积攒的所有金银财宝，
还有牧场的牲畜，
连同这华丽的宫殿，
还有美丽的家园——肖尔阔勒，
以及与我共同居住的百姓，
还有这座美丽的城市，
这一切我都献给你。

"你是我心灵的归宿！
只要我还有一口气，
我就不会离开你。
我一定遵守我的诺言，
绝不辜负你的一片真情。

"你不要生气，
心思不要想到别处。
请你正确理解我的意思，
别让我失去主心骨。
别让我请求库特嘎尔巴斯帮助，

别让我失去汗王的尊严！

“我让加尔卡巴克迎战死神，
他绝望地说出了自己的猜测。
对于别人的说法，
各人有各自的角度，
你不要往心里去。

“你是个有智慧的人，
我绝对相信你的话，
你尽管给我出主意。
对眼前看到的一切，
自己的心里要有数！

“眼下，你都看到了，
我有出谋划策的谋士，
我有老谋深算的大臣，
我有威震远方的大力士，
我有各种各样的能工巧匠，
各自都承担着自己的任务。

“其中有经历风霜的人，
也有像加尔卡巴克这样的人，
他们从小到大当官做老爷，
习惯指手画脚，发号施令。

“啊，姑娘，
你的每句话，
都像蜜糖一样，
让人甜在心里。
姑娘，你要相信我的话，
不要把塔盘汗的一片真心，
当作不起眼的一堆牛粪！”

心思缜密的女魔，

卖弄风骚地改了口气：
“节迪盖尔的姑娘，
为了保全苍蝇般弱小的性命，
寻求保护来到这里。
‘什么时候体验你的热情’，
那是你的情意，
我能够理解，
你说的话并不为过。

“姑娘到了出嫁的年龄，
寻找伴侣，
结为同心，
缠绵在一起，
天经地义。

“只是我这次千里奔驰，
不单是为了寻找情人，
而是为了躲避敌人，
才来到汗王你的身旁。

“塔盘汗啊，
我与你邂逅，
第一眼就对你中意，
很快地向你表明了心意。
如果不是很中意，
姑娘对一个男人，
不会这么快地表明心意。
倾诉衷肠的姑娘是我，
我见到了中意的人，
会心花怒放不能控制自己。

“倾听心声的男人是你，
到了出嫁的年龄，
不想寻找自己的男人，
这样的姑娘，在世上很稀奇。

“如今，是在流血的战场上，
要命的赛依特，
还横枪立马，
在面前猖狂，不可一世。
在激烈的战斗面前分心，
这样无知的姑娘，
何谈可爱，
何谈情事？
即使有了冲动的激情，
面对此情此景，
理智的人怎能缠绵于情爱！

“我说的话若有道理，
你就用心听取。
如果感觉没有道理，
你就权当没有听见，
就独自一人去逍遥自娱！”

听了女魔的话，
塔盘汗的良心受到了谴责。
女魔所说的话，
他认为全是智慧，句句有理。
泄了气的塔盘汗，
像掉在地上的壁虎似的，
傻傻地坐在地上没有了一点儿脾气。

奸诈的女魔，
无声地溜了出去。

“她让我无话可说了。”
塔盘汗坐在地上动开了心思。
“如果阔努什拜说的是真的，
如果加尔卡巴克说的是真的，
如果面前的姑娘是女魔变的，

我的百姓流了鲜血，
我的领土失去了平静，
为了她我失去了多少勇士！

“天啊！如果真是这样，
她可真是罪大恶极，
死有余辜。
我也是难逃罪责，
咎由自取。
就是死了，
也难向部众谢罪。
这份罪责，
我如何向祖先交代？！

“我要找一个时机，
和她亲密，与她缠绵一夜。

“如果她是个魔女的话，
我就把她捉住，
交给赛依特。
从此与赛依特握手言和结为朋友，
我还像从前一样自在地生活，
让老百姓也不再遭受折磨。

“我看赛依特自命不凡，神气十足，
我要投其所好满足他的心理。
让他去讨伐库特嘎尔巴斯，
把库特嘎尔巴斯抓到我手里。
到那时我管理着两个汗王统领的臣民，
自由自在，尽情玩乐。

“如果姑娘是真心的，
我可是真正遇到了红颜知己。
如果真的让我顺心顺意，
就是为有情人去死，

我也心甘情愿毫无顾忌。
如果追来的赛依特不好对付的话，
我与库特嘎尔巴斯联手，
让赛依特从这个世界消失。”

好像所有的好事都会降临，
好像他一个人生活在这个世界上。
带着无尽的想象，
他独自一个人躺着，
像雪地上受冻的鸡，
像在呼啸的寒风中卧着的驴。
他扎紧腰带缩着头，
心慌意乱，心事重重，
辗转反侧难以进入梦乡。

他又想起赛依特，
心中燃起了怒火。
他禁不住唉声叹气。
一直煎熬到天亮，
还没有一点儿睡意。

赛依特勇歼加尔卡巴克和都尔波隆

阳光洒满大地，
士兵们出发了，声势浩荡。
塔盘汗胡子拉碴，愁眉苦脸，
心事重重地走出营帐。
遵照昨晚所说的，
目送勇士们走上了战场。

加尔卡巴克骑上了战马，
好像立即就能把赛依特征服。
他精神焕发，斗志昂扬，
战刀和战斧挎在腰间，
铁锤挂在肩头，
盾牌背在背上。

他将护心镜戴在胸前，
护膝套在膝盖上，
铁护腿戴在小腿上。
像要给人们炫耀似的，
铁盔高高扣在头上。

他胡子乱成一团，
如同喜鹊筑的巢。
他胡子翘起来，
能拴住一匹马。
他脖子上的后脑勺，
像扣上去的一口大锅。

他额前的眉毛，
像一对大兔卧着。

眉下的眼睛，
像深不可测的水池。
没有长眼睛的上天，
怎么造出这样一个凶狠的孽种！

这头野兽直冲而来，
随身卷起一阵狂风。
衣襟随风飘动，
盾牌在背上晃荡。

不知死活的加尔卡巴克，
脑袋摇晃，
瞪着眼睛，
一副拼命的架势。

他满脸长毛，
唾沫四溅。
他手上持着长矛，
矛尖闪着逼人的寒光，
好像已拿下许多敌人，
气焰十分嚣张。

塔盘汗的众多士兵，
看到他的威猛，
眼里都透露出由衷的赞赏。

“肖尔阔勒的山和水发威吧，
支持你的黎民去打胜仗！”
塔盘汗伸开双手祈祷着，
悠长的声音在天地间回荡。

此时的赛依特勇士，
像高山峻岭般屹立在前方，
手持神矛，斗志昂扬。
他鞭策着铁勒库荣骏马呼啸驰来，

高喊着“玛纳斯”的口号，
像一股神风，锐不可当！
见到他的大力士，
胆战心惊，神色仓皇。

当加尔卡巴克的长矛刺过来时，
年轻的雄狮赛依特，
举矛轻轻一挡，
躲过加尔卡巴克的矛尖。
就在加尔卡巴克掉转马头的瞬间，
赛依特的神矛猛地刺向他的腰间。
五层铁甲，
像烂棉絮似的被刺穿，
加尔卡巴克从马背上翻身摔下，
重重地跌落在地上。

不等对方双手从地上撑起，
赛依特把长矛抽回来，
朝对方背部又刺了一枪。
神矛穿透了对方的五脏六腑，
带血的矛头闪着寒光。
高大的加尔卡巴克被从地上挑起，
那情景触目惊心，令人惊慌！

加尔卡巴克的弟弟，
克勒吉尔巴什见状双眼冒火，
发狠地拍马冲向雄狮，
愤怒和仇恨填满胸膛。

年轻的雄狮赛依特，
为对付克勒吉尔巴什刺来的长矛，
他举起挑在枪头的加尔卡巴克，
使劲地抛向克勒吉尔巴什。

克勒吉尔巴什刚抱住加尔卡巴克，

赛依特的神矛又刺了过去，
鲜血染红了兄弟俩的身躯。

塔盘汗大力士的队列中，
激起一阵躁动，
像一阵寒风吹过。
“加尔卡巴克曾经说过，
塔盘汗和赛依特可能会握手言和。
被女魔蒙骗的塔盘汗，
会摆脱这个狡猾的女魔吗？
会与赛依特言和吗？

“该入地狱的塔盘汗，
他是否会醒悟，
他是否会改过？”
看到走过来的塔盘汗，
大力士们没了声音，
舌头好像被捆住。

看到这些的塔盘汗，
瞪着眼睛，
内心窝着一团火。
“关键的时候不中用，
被一个赛依特吓倒了，
可怜地号叫着，
我白养了你们这群废物！

“难道你们非要逼着我，
急着让我去找库特嘎尔巴斯？
让我把心中的美女献给他，
低三下四向他求救。
我怎能舍弃醉心于我的美女，
让库特嘎尔巴斯得意？

“你们都是勇士，

是英雄，是智者，
听我塔盘汗讲几句发自肺腑的话。
你们都看到过，
你们都曾经说过，
‘库特嘎尔巴斯傲慢自大，
不会把我们放在眼里’。

“身为高贵的汗王，
我前去恳求库特嘎尔巴斯，
不要说对我是很大的耻辱，
对你们也不会有什么好处！

“库特嘎尔巴斯一旦到来，
他只会珍惜自己的人马，
他会把你们任意驱使。
他会让你们冲锋陷阵，
把你们放在前头送死。

“赛依特会毫不留情地，
率先割下你们的头颅！
与其这般去死，
还不如保住男儿的自尊，
与赛依特拼死一搏！

“赛依特只是一个人，
我们人数众多，
你们不要畏头畏尾，
要鼓起勇气与赛依特拼搏。

“让我们勇敢地战斗吧！
保护好投在怀抱中的美女，
保护好自己的百姓，
不让赛依特踏进我们的领土！”

听了塔盘汗的一番言论，

士兵们感到失望，
他们无法消除心中的忧虑。
士兵们又议论纷纷，
权衡着利弊得失，
寻找着最佳的活命途径。

“塔盘汗说得很对，
是智者的慎重思索。
如果请来库特嘎尔巴斯，
他会让我们冲锋在前，
把他的人马留在后面，
保存他自己的实力。

“塔盘汗一声令下，
要我们上去，
我们怎好说‘我不去’！
遵照汗王的命令，
勇敢向前，
这是做勇士的天职，
我们怎好推辞！

“哎，这美女是个扫帚星，
塔盘汗太老实，
死心塌地地为她卖命。
为了这个女人，
要将我们送入坟墓。
我们的末日就在眼前，
临死前再挣扎一番，
看一看能否挽回败局。”

在塔盘汗的队伍里，
有一个特别能干的人，
他的名字叫都尔波隆，
声称自己独一无二。
他背着坚实的盾牌，

擅长用铁锤和大棒交锋。

“我用不着把赛依特捆住，
看到我，他会胆怯，
他自己会乖乖投降，
这是他唯一的出路！”

他骑着高大的骆驼，
宽广的战场上扬起一阵尘土。
他胡子拉碴的，
脸颊从未刮过。
他长长的头发垂在腰间，
乱发在风中飘拂。

他骇人的叫喊声，
让士兵们无法忍受。
“我的名字叫都尔波隆，
赛依特，你活够了，
你就要离开这个世界了。

“连塔盘汗都怕我三分，
不敢对我直接下令。
你喝醉了吗？
难道从来没有听说我的大名！”

他下唇耷拉着，
上唇翻卷着。
他矮墩墩的身体，
像青蛙一样趴在骆驼上，
像洪水一样来势凶猛。
他脸盘小，头扁平，
像一棵没有发育成熟的蘑菇。

他挥舞着手中的铁锤，
顺势向赛依特狠狠砸去。

面对这来势汹汹的冲击，
赛依特怎会畏惧？
他挺起祖先留下的神矛，
挡开了都尔波隆砸来的铁锤，
那铁锤离手飞向远处。

赛依特又拔出月牙斧，
挥向对方的脖颈，
只见一道红光喷射，
都尔波隆翻身落马，
倒在了血泊之中。

接着又上来一个大力士，
挥舞着矛枪气势汹汹。
赛依特抡斧砍向他的头顶，
让他连人带马一起送了命。

大力士们再也不敢单独上阵了，
他们不知羞耻地一拥而上展开围攻。
几万士兵，
几十个大力士，
呼啸着策马奔来。
像冲出峡谷的山洪，
像席卷大地的狂风！

十个人拿着铁链，
十个人枪膛里装上了子弹，
十个人举着锋利的战刀，
十个人握着铁锤策马并进。
密密麻麻的人马，
把赛依特围得水泄不通。
这是塔盘汗精心操练的战阵，
纵然插上翅膀也难脱身。

再危险的处境，
也吓不倒玛纳斯的子孙。
浑身充满力量的赛依特，
骑着健壮的铁勒库荣神驹，
在军阵中行云流水般地左突右冲。

神矛紧握在手中，
战刀挂在腰带上，
月牙斧背在背上。
雄狮的后裔，
柯尔克孜的英雄，
好像进入无人之境！

十个大力士抛出了一张大网，
赛依特的手脚被捆住了，
一下子失去了战斗力。
十个大力士枪膛里装上了子弹，
端着火枪，向英雄瞄准。
十个大力士手举大刀，
怒气冲冲，向英雄砍来。
十个大力士挥舞着铁锤，
气势汹汹，向英雄砸下。
十万士兵蜂拥而上，
扬起滚滚烟尘，
把赛依特围在阵中。

“你们都让开，
让我亲自杀死赛依特！”
塔盘汗吼声如雷，
穿插而来，
众多士兵让出一条通道，
战战兢兢地等待。

这时，女魔赶到了，
精心装扮成妖娆动人的妙龄少女，

她把阔努什拜绑着牵了过来，
拉到阵前示众。

“赛依特，你往这里看，
你看看这里！
昨夜你没有睡好吧，
是否做了噩梦？
你终于落到我们手里。
我要让你睁眼看看，
看一看我的本领！

“说我是妖精，不是姑娘，
阔努什拜和加尔卡巴克一唱一和，
让我没了脸面无地自容。
即使我不是妖精，
我也要像妖精那样显示威风！

“我要享用你的血肉，
把剩下的部分给七个巨人的族人送去，
给日落的地方送去。
我要到凯尔克提去，
抓住阔克布卡和杰提力拜，
一样生吞下去。

“苏来玛特和喀拉朵，
卡勒别克的卡勒恰，
被你所残杀的这些汗王，
我要为他们报仇雪恨，
让他们在地下闭上眼睛！

“我要把凯耐尼木和你一起逮住，
让你们父子面对面站着。
我要用利刃砍下你们的头！
如果我放过了你们，
世界就会颠倒秩序！

“我要把玛纳斯的坟墓砸碎，
让他的名字永远消失。
我要改掉塔拉斯的名称，
给它另起一个名字。
以后谁要再提‘柯尔克孜’这个词，
我要揪掉他的舌头，
让他长点记性。

“现在，
我要把这个该死的阔努什拜，
活活撕着吃了。
我要当着你的面，
让你见识见识！”

女魔把捆着阔努什拜的绳子，
慢慢地往身边拉扯，
阔努什拜惊恐地往后退。
恼羞成怒的女魔，
把他从背上抓起来！

凯耐尼木的儿子赛依特，
向祖先的英灵求救：
“我的祖先玛纳斯，
请您的灵魂给予子孙帮助！
阿勒曼别特和楚瓦克一对雄狮，
还有英雄豪杰色尔哈克，
我至尊的亲人，
请给我力量，给我勇气！

“我尊贵的祖先巴卡依，
无敌的雄狮古里斯坦，
我的老祖母卡妮凯和阿依曲莱克，
你们的赛依特正在受折磨，
先人们，快给我帮助！”

先人的名字还没有说完，
张开的嘴还没有合拢，
战场上出现了转机。
雄狮古里斯坦，
骑着苏尔阔勇骏马从天而降。

塔盘汗看到天空显灵的英雄，
顿时没有了气力。
吃人的女魔，
顿时失去了霸气。
几万士兵和大力士，
一个个心惊胆战，
呆若木鸡！

英雄古里斯坦站在面前，
眼睛像启明星一般光芒四射，
他关切的目光投向了赛依特。
对自己的百姓，
他是指示出路的启明星；
对待凶恶的敌人，
他是燃烧的火焰。
女魔此时别说是吃人，
连逃跑都来不及！

“这是赛依特施展的魔法，
不要怕，把他的头割下来！”
当古里斯坦的身影消失以后，
塔盘汗在马上大喝，
他气急败坏地给士兵打气。

举着寒光闪闪大刀的杀手们，
走向前去，
准备执行塔盘汗的命令。
突然天空中响起一声声惊雷，

传来了玛纳斯的吼声。

听到玛纳斯惊天动地的声音，
士兵的理智和勇气顿失。
赛依特集中全身力气一绷，
铁网破裂成碎片四处飞扬。
赛依特挥舞着寒光四射的宝剑，
在敌阵中左劈右砍，
大力士们全部倒在血泊之中。

赛依特策马而上，
解救了可怜的阔努什拜。
“你看见了吗？
不死的雄狮古里斯坦，
永远和我们在一起，
先辈的英灵时刻护佑着我们！

“女魔和塔盘汗，
还有库特嘎尔巴斯，
三个人联合起来，
也对付不了我们！
你把阿勒玛巴什神枪拿上，
女魔再也不敢向你进攻！”

先祖的阿勒玛巴什神枪，
交到阔努什拜的手中。
遭受女魔折磨的阔努什拜，
却扛不动也迈不出步子，惊魂未定。

突然，眼前出现了奇景，
前面挺立着一棵高大的梧桐。
下雨的时候，
一千只牲畜可在树下避雨，
大树张开双臂，
将牲畜拥在怀中。

潺潺的河水从树前流过，
那梧桐树枝繁叶茂，
郁郁葱葱。

英雄赛依特把阔努什拜带到树下，
叮咛了再叮咛：
“把神枪紧紧地握在手中，
你就留在这里，
女魔再也不敢来到你的身旁。
你要放心大胆，
一点儿也不要惊恐。

“愿天神保佑，
我要再次冲入密密麻麻的敌群。
他们举起的不义之旗，
我要把它砍倒，
让受骗的人早点清醒！”

安排好了阔努什拜，
把铁勒库荣的头向右掉转。
青鬃狼赛依特策动着骏马，
像一股强劲的旋风，
像一团燃烧的火焰，
所向披靡，一往无前！

托托依狂妄自大自取灭亡

从塔盘汗的队伍里，
突然走出一位勇士。
他手握着巨大的铁锤，
身穿着五层青色铁衣。
肩背着硕大的盾牌，
骑着一头健壮的犀牛。

他沉着脸，甩着衣襟，
鼓起的腮帮子一伏一起。
脸上还没有长出胡须，
下巴光秃秃的。
他来到塔盘汗面前，
没有笑容，一脸傲气。

“骏马和骆驼载不动我，
我骑着这头犀牛，
匆匆忙忙地来到这里。
‘为什么要到这里来？’
你是汗王竟然没有问过我！
我心中有些不舒服。
赛依特教训了你，
我也心中不服。
我要走上战场，
争回这口恶气。

“我不是一个无名的人，
让我告诉你。
我的名字叫英雄托托依，
这里没有人不知道我的大名。

“如果有谁刺中了我，
我甘愿给他当奴仆。
我曾许过诺言，
好汉对诺言决不背弃。

“我有很多苦衷，
一直藏在内心深处，
不知该向何人倾诉，
塔盘汗啊，
我今天向你全都倒出来！

“我与库特嘎尔巴斯是同一个母亲，
我的年龄比他小，
他是长者成了汗王，
我年龄小就变成奴隶一样。
为了表示尊敬，
我每天要恭敬地向他问候。

“他高高在上，
盛气凌人，
却懒得向我打招呼。
我对兄长十分反感，
所以前来投奔你。
谁知整整三年来，
你却从未问起过我！

“我要去赛依特面前，
把他征服，把他拿下。
刺翻赛依特后，
把你汗王的位置夺取！

“当我夺得汗位后，
当我掌管大权时，
我再去库特嘎尔巴斯那里，

看他会如何看待我！

“我这样四处流落，
受尽了委屈，
你们谁会想到！
该结束了，
是时候了。

“该出手时就出手，
托托依不会客气！
如果有谁对我不服，
我的长矛会将他的脊梁穿透！

“如果我被赛依特征服，
我就实现自己的诺言，
甘心情愿做他的奴仆。
让赛依特天天歇息，
我去做他要我做的一切，
让他感到心满意足。”

就在托托依滔滔不绝地诉说时，
骑在马上的塔盘汗，
不由得抬起头来，
目光朝着战场扫视。

在赛依特经过的地方，
他可怜的士兵，
正在四散逃避。

他面临灭顶之灾，
心中发慌不由得全身战栗。
他眨动着睫毛向托托依开了口，
好像对自己挚爱的兄弟。

“你来这里三年了，

托托依，我的兄弟，
我没有认真过问过你的事，
我这个汗王不称职啊！
‘火炼的金子不会变成铜’，
你不要为这点儿小事抽身就走。
如果让你离我而去，
我塔盘汗就不配做汗王！

“兄弟之间的事可以讲明，
库特嘎尔巴斯是你的兄长，
有什么事你可给他讲明。
与赛依特为伍，
那样不好，
只有我们弟兄才能真心依靠。

“你看战场上的赛依特，
不是打算让我们活命的人。
无论你怎么向他表白，
他都不会相信，
他都会对你怀疑。
如果你有能力，
你把赛依特从马上刺翻，
用皮绳将他捆绑结实。

“你到塔拉斯去，
凯耐尼木的汗位就是你的。
六十个部落，
众多的百姓，
白毡帽的柯尔克孜人，
你可以随心所欲地指使！

“当库特嘎尔巴斯还在时，
当我塔盘汗还在时，
有我们这两个好兄长，
有谁不毕恭毕敬地为你效力，

有谁敢在你面前说三道四！
你不要胡思乱想，
想一些不着边际的事。

“你看到赛依特了吗？
他让我们血流成河。
他这样目空一切地逞威风，
心里难道还有你吗？
你怎能不去争这口气！

“把赛依特拿下马，
捆个结实。
占据塔拉斯，
由你管理。”
听了这些承诺的话，
托托依骑着犀牛，
朝着赛依特所在的方向，
颠簸着向前冲去！

托托依来势凶猛，
他怒气冲天，大呼小叫，
让天色也变得昏暗。
托托依赶着犀牛狂奔了过来，
他向混战中的士兵喊道：
“你们都滚回去！
我来了！”

他又转身向赛依特发出挑战：
“赛依特，你的末日到了，
我要与你拼个死活！”
他时而翻着白眼，时而怒目而视，
挥着长矛，
向赛依特冲杀过来。
他气势非凡，咄咄逼人，
两眼冒火，凶相十足。

浴血奋战的雄狮掉转马头，
看到了托托依的身影，
他从对方的举止中看出来，
此人力大无比，十分骁勇。

“真正能够较量的英雄出来了，
对此人可不能轻视！”
看着对方凶猛吓人的样子，
赛依特暗中告诫自己千万小心。

驱动铁勒库荣骏马，
灰尘在身后扬起。
挥舞着色尔神矛，
勇敢的赛依特，
气宇轩昂，准备迎敌。

此刻，风静云低，
塔盘汗高傲地扬了扬手，
示意其他勇士向后退去。
突然敲起了战鼓，
吹响了号角，
鼓声和号角声，
交织在一起。
“获胜的一定是我托托依，
等我把赛依特绑来，
我要他人头落地！”

双方面对面对峙着，
不问对方的名字，
不可一世的托托依，
抡起千斤铁锤，
不由分说，朝赛依特头上砸去。

身经百战的铁勒库荣，

灵巧地转动身子，
躲过一击。
托托依用力过猛，
铁锤一下子砸进了地里。

托托依也没料到，
他的铁锤会砸进地里。
当他弯腰抓起铁锤之时，
赛依特像鹰隼般发起攻击，
长矛向托托依脊背闪电般刺去。

矛尖穿入一拃深，
托托依却没有放在眼里。
他从地上拿起铁锤挥舞着，
又向赛依特发起攻击。

青鬃狼赛依特施用老套路，
将长矛刺向托托依的手臂。
手臂被长矛刺中，
铁锤滚落在地上，
托托依才有了一点儿受伤的感觉。

对于身经百战的勇士，
面对对手怎能畏惧泄气。
托托依不顾一切地又扑上来，
他抓住了赛依特的衣领，
使出了全身的力气。

赛依特会畏惧吗?
他也抓住了对方的耳朵和脖子。
他们用头相撞，
鼻子流出了鲜血，
大地被鲜血染红。

他俩不顾一切，

在马上扭打拉扯，
谁也未将对方拉下马背。
他们调整心态重新坐稳，
又把手插入对方的腰带里。

他们互相撕扯着，
沿着半山腰上下纠缠。
一只脚狠蹬着身体互相撞击，
一会儿冲上山坡，
一会儿又冲下山坡，
马尾牛尾不停地交织在一起。

从白天一直到黑夜，
难解难分地纠缠在一起。
英雄互相发泄着仇恨，
发起一波又一波的进攻。

拧紧对方的衣襟，
压在鞍镫下面。
骏马和犀牛向两边猛拽，
双方的衣襟都被拉成碎片，
两人依然稳坐着像两座山峰。

当骏马和犀牛，
疲乏得走不动时，
他俩跳下坐骑，
将长矛插在地上。
他们互相抱住对方，
用肩膀撞，用双脚踢，
用脑袋顶，用膝盖抵。

互相盛怒地瞪着眼睛，
互相向前拉扯着，
互相踉踉跄跄推搡着。
他们的腰像柳条似的弯着，

寻找着对方的弱点攻击。
当被对方抱起时，
他们会使出全身力气，
沉住气脚不离地。

脚跟踩稳时，
膝盖陷进地里。
腿脚拔出来时，
带出锅盖大的土块。
地面被踩裂了，
喷出了汩汩泉水。

洼地变成了小丘，
小丘又变成了洼地。
草地被踩翻了个遍，
露出了顽石和沙砾。

托托依这时说道：
“赛依特，你放开我的腰，
认真听我说。
用不着这样折腾，
我们改变一下较量的方法。

“多少天来，
我们在马上拼杀；
多少天来，
我们在马下摔打。
用武器硬拼，
制服不了对方；
用力气摔打，
也不能将对方战胜。

“我们尝试着来一场游戏，
也许可以分出胜负。
我们在地上划个界线，

双方把绳子套在脖子上，
较量力气，
朝反方向拉，
看一看谁能取胜。

“如果这样还不能决出胜负，
我们就来个‘兔子蹬腿’[1]，
看谁能把对方踢倒。
如果还不见分晓，
我们再来‘争夺口袋’[2]和角力，
这样比试，
你看好不好？”

赛依特虽然觉得这样很滑稽，
无奈之下还是接受了对方的建议。
这真是战争史上的一个奇迹，
两个人将你死我活的战争，
变成了一场较量生命的游戏。

划开界线用拉绳进行比试，
两人将像胳膊一样粗的毛绳拉断，
仍然决不出高低，
躺在地上像兔子蹬腿一样用脚踢，
为了取胜只得玩这倒霉的游戏。

在刀枪相见的生死关头，
英雄们谁也不怕死，
谁会甘心向对手认输！

下面的结果是托托依自找的：
英雄赛依特用力踢去，
对方“哎呀”一声翻滚在地，
腰椎发出骨折的声音，
脖颈“咔嚓”一声断裂。
骁勇的托托依身体一挺，

[1][2] 均为柯尔克孜民间比赛力气的游戏。

就这样断了气。

我们把这些先搁一搁，
看看这个吃人的女魔，
又在施行什么样的毒计，
怎样破坏肖尔阔勒百姓的宁静，
我们还是从这儿再高声唱起。